N4

言語知識・読解・聴解

(單字・文法・閱讀・聴力)

新制日檢！絕對合格

全真模考三回＋詳解

吉松由美・田中陽子・西村惠子・山田社日檢題庫小組＊合著

配合最新出題趨勢，模考內容全面換新！

百萬考生見證，權威題庫，就是這麼威！
出題的日本老師通通在日本，
持續追蹤日檢出題內容，重新分析出題重點，精準摸清試題方向！
讓您輕鬆取得加薪證照！

　　您是否做完模考後，都是感覺良好，但最後分數總是沒有想像的好呢？
做模擬試題的關鍵，不是在於您做了多少回，而是，您是不是能把每一回
都「做懂，做透，做爛」！

　　一本好的模擬試題，就是能讓您得到考試的節奏感，練出考試的好手
感，並擁有一套自己的解題思路和技巧，對於千變萬化的題型，都能心中
有數！

新日檢萬變，高分不變：

　　為掌握最新出題趨勢，本書的出題日本老師，通通在日本長年持續追
蹤新日檢出題內容，徹底分析了歷年的新舊日檢考題，完美地剖析新日檢
的出題心理。發現，日檢考題有逐漸變難的傾向，所以我們將新日檢模擬
試題內容全面換新，製作了擬真度 100 % 的模擬試題。讓考生迅速熟悉考
試內容，完全掌握必考重點，贏得高分！

摸透出題法則，搶分關鍵：

　　摸透出題法則的模擬考題，才是搶分關鍵，例如：「日語漢字的發音
難點、把老外考得七葷八素的漢字筆畫，都是熱門考點；如何根據句意確
定詞，根據詞意確定字；如何正確把握詞義，如近義詞的區別，多義詞的
辨識；能否辨別句間邏輯關係，相互呼應的關係；如何掌握固定搭配、約
定成俗的慣用型，就能加快答題速度，提高準確度；閱讀部分，品質和速
度同時決定了最終的得分，如何在大腦裡建立好文章的框架」。只有徹底
解析出題心理，合格證書才能輕鬆到手！

決勝日檢，全科備戰：

　　新日檢的成績，只要一科沒有到達低標，就無法拿到合格證書！而「聽解」測驗，經常為取得證書的絆腳石。

　　本書不僅擁有大量的模擬聽解試題，更依照 JLPT 官方公佈的正式考試規格，請專業日籍老師錄製符合程度的標準東京腔光碟。透過模擬考的練習，把本書「聽懂，聽透，聽爛」，來鍛鍊出「日語敏銳耳」！讓您題目一聽完，就知道答案了。

掌握考試的節奏感，輕鬆取得加薪證照：

　　為了讓您有真實的應考體驗，本書收錄「超擬真模擬試題」，完全複製了整個新日檢的考試配分及題型。請您一口氣做完一回，不要做一半就做別的事。考試時要如臨考場：「審題要仔細，題意要弄清，遇到攔路虎，不妨繞道行；細中求速度，快中不忘穩；不要急著交頭卷，檢查要認真。」

　　這樣能夠體會真實考試中可能遇到的心理和生理問題，並調整好生物鐘，使自己的興奮點和考試時間同步，培養出良好的答題節奏感，從而更好的面對考試，輕鬆取得加薪證照。

找出一套解題思路和技巧，贏得高分：

　　為了幫您贏得高分，本書分析並深度研究了舊制及新制的日檢考題，不管日檢考試變得多刁鑽，掌握了原理原則，就掌握了一切！

　　確實做完本書，然後認真分析，拾漏補缺，記錄難點，來回修改，將重點的內容重點複習，也就是做懂，做透，做爛。這樣，您必定對解題思路和技巧都能爛熟於心。而且，把真題的題型做透，其實考題就那幾種，掌握了就一切搞定了。

相信自己，絕對合格：

　　有了良好的準備，最後，就剩下考試當天的心理調整了。不只要相信自己的實力，更要相信自己的運氣，心裡默唸「這個難度我一定沒問題」，您就「絕對合格」啦！

一、什麼是新日本語能力試驗呢

1. 新制「日語能力測驗」

　　從2010年起，將實施新制「日語能力測驗」（以下簡稱為新制測驗）。

1－1　實施對象與目的

　　新制測驗與現行的日語能力測驗（以下簡稱為舊制測驗）相同，原則上，實施對象為非以日語作為母語者。其目的在於，為廣泛階層的學習與使用日語者舉行測驗，以及認證其日語能力。

1－2　改制的重點

　　此次改制的重點有以下四項：

1　測驗解決各種問題所需的語言溝通能力

　　新制測驗重視的是結合日語的相關知識，以及實際活用的日語能力。因此，擬針對以下兩項舉行測驗：一是文字、語彙、文法這三項語言知識；二是活用這些語言知識解決各種溝通問題的能力。

2　由四個級數增為五個級數

　　新制測驗由舊制測驗的四個級數（1級、2級、3級、4級），增加為五個級數（N1、N2、N3、N4、N5）。新制測驗與舊制測驗的級數對照，如下所示。最大的不同是在舊制測驗的2級與3級之間，新增了N3級數。

N1	難易度比舊制測驗的1級稍難。合格基準與舊制測驗幾乎相同。
N2	難易度與舊制測驗的2級幾乎相同。
N3	難易度介於舊制測驗的2級與3級之間。（新增）
N4	難易度與舊制測驗的3級幾乎相同。
N5	難易度與舊制測驗的4級幾乎相同。

「N」代表「Nihongo（日語）」以及「New（新的）」。

3 施行「得分等化」

由於在不同時期實施的測驗，其試題均不相同，無論如何慎重出題，每次測驗的難易度總會有或多或少的差異。因此在新制測驗中，導入「等化」的計分方式後，便能將不同時期的測驗分數，於共同量尺上相互比較。因此，無論是在什麼時候接受測驗，只要是相同級數的測驗，其得分均可予以比較。目前全球幾種主要的語言測驗，均廣泛採用這種「得分等化」的計分方式。

新制日檢的目的，是要把所學的單字、文法、句型…都加以活用喔。

4 提供「日語能力測驗Can-do List」（暫稱）作參考

為了瞭解通過各級數測驗者的實際日語能力，新制測驗經過調查後，提供「日語能力測驗Can-do List」（暫稱）。本表列載通過測驗認證者的實際日語能力範例。希望通過測驗認證者本人以及其他人，皆可藉由本表更加具體明瞭測驗成績代表的意義。

喔～原來如此，學日語，就是要活用在生活上嘛！

1－3 所謂「解決各種問題所需的語言溝通能力」

我們在生活中會面對各式各樣的「問題」。例如，「看著地圖前往目的地」或是「讀著說明書使用電器用品」等等。種種問題有時需要語言的協助，有時候不需要。

為了順利完成需要語言協助的問題，我們必須具備「語言知識」，例如文字、發音、語彙的相關知識、組合語詞成為文章段落的文法知識、判斷串連文句的順序以便清楚說明的知識等等。此外，亦必須能配合當前的問題，擁有實際運用自己所具備的語言知識的能力。

舉個例子，我們來想一想關於「聽了氣象預報以後，得知東京明天的天氣」這個課題。想要「知道東京明天的天氣」，必須具備以下的知識：「晴れ（晴天）、くもり（陰天）、雨（雨天）」等代表天氣的語彙；「東京は明日は晴れでしょう（東京明日應是晴天）」的文句結構；還有，也要知道氣象預報的播報順序等。除此以外，尚須能從播報的各地氣象中，分辨出哪一則是東京的天氣。

如上所述的「運用包含文字、語彙、文法的語言知識做語言溝通，進而具備解決各種問題所需的語言溝通能力」，在新制測驗中稱為「解決各種問

題所需的語言溝通能力」。

　　新制測驗將「解決各種問題所需的語言溝通能力」分成以下「語言知識」、「讀解」、「聽解」等三個項目做測驗。

Q&A

Q：新制日檢級數前的「N」是指什麼？

A：「N」指的是「New（新的）」跟「Nihongo（日語）」兩層意思。

語言知識	各種問題所需之日語的文字、語彙、文法的相關知識。
讀　解	運用語言知識以理解文字內容，具備解決各種問題所需的能力。
聽　解	運用語言知識以理解口語內容，具備解決各種問題所需的能力。

　　作答方式與舊制測驗相同，將多重選項的答案劃記於答案卡上。此外，並沒有直接測驗口語或書寫能力的科目。

2. 認證基準

　　新制測驗共分為N1、N2、N3、N4、N5五個級數。最容易的級數為N5，最困難的級數為N1。

　　與舊制測驗最大的不同，在於由四個級數增加為五個級數。以往有許多通過3級認證者常抱怨「遲遲無法取得2級認證」。為因應這種情況，於舊制測驗的2級與3級之間，新增了N3級數。

　　新制測驗級數的認證基準，如表1的「讀」與「聽」的語言動作所示。該表雖未明載，但應試者也必須具備為表現各語言動作所需的語言知識。

　　N4與N5主要是測驗應試者在教室習得的基礎日語的理解程度；N1與N2是測驗應試者於現實生活的廣泛情境下，對日語理解程度；至於新增的N3，則是介於N1與N2，以及N4與N5之間的「過渡」級數。關於各級數的「讀」與「聽」的具體題材（內容），請參照表1。

Q&A

Q：以前是4個級數，現在呢？

A：新制日檢改分為N1-N5。N3是新增的，程度介於舊制的2、3級之間。過去有許多考生反應，舊制2、3級層度落差太大，所以在這兩個級數之間，多設了一個N3的級數，您就想成是，準2級就行啦！

■ 表1　新「日語能力測驗」認證基準

	級數	認證基準
困難 ↑ ＊		各級數的認證基準，如以下【讀】與【聽】的語言動作所示。各級數亦必須具備為表現各語言動作所需的語言知識。
	N1	能理解在廣泛情境下所使用的日語 【讀】・可閱讀話題廣泛的報紙社論與評論等論述性較複雜及較抽象的文章，且能理解其文章結構與內容。 ・可閱讀各種話題內容較具深度的讀物，且能理解其脈絡及詳細的表達意涵。 【聽】・在廣泛情境下，可聽懂常速且連貫的對話、新聞報導及講課，且能充分理解話題走向、內容、人物關係、以及說話內容的論述結構等，並確實掌握其大意。
	N2	除日常生活所使用的日語之外，也能大致理解較廣泛情境下的日語 【讀】・可看懂報紙與雜誌所刊載的各類報導、解說、簡易評論等主旨明確的文章。 ・可閱讀一般話題的讀物，並能理解其脈絡及表達意涵。 【聽】・除日常生活情境外，在大部分的情境下，可聽懂接近常速且連貫的對話與新聞報導，亦能理解其話題走向、內容、以及人物關係，並可掌握其大意。
	N3	能大致理解日常生活所使用的日語 【讀】・可看懂與日常生活相關的具體內容的文章。 ・可由報紙標題等，掌握概要的資訊。 ・於日常生活情境下接觸難度稍高的文章，經換個方式敘述，即可理解其大意。 【聽】・在日常生活情境下，面對稍微接近常速且連貫的對話，經彙整談話的具體內容與人物關係等資訊後，即可大致理解。

* 容 易 ↓	N4	能理解基礎日語 【讀】・可看懂以基本語彙及漢字描述的貼近日常生活相關話題的文章。 【聽】・可大致聽懂速度較慢的日常會話。
	N5	能大致理解基礎日語 【讀】・可看懂以平假名、片假名或一般日常生活使用的基本漢字所書寫的固定詞句、短文、以及文章。 【聽】・在課堂上或周遭等日常生活中常接觸的情境下，如為速度較慢的簡短對話，可從中聽取必要資訊。

3. 測驗科目

新制測驗的測驗科目與測驗時間如表2所示。

■ 表2 測驗科目與測驗時間 ＊①

級數	測驗科目 （測驗時間）			
N1	語言知識（文字、語彙、文法）、讀解 （110分）		聽解 （60分）	→ 測驗科目為「語言知識（文字、語彙、文法）、讀解」；以及「聽解」共2科目。
N2	語言知識（文字、語彙、文法）、讀解 （105分）		聽解 （50分）	→
N3	語言知識（文字、語彙） （30分）	語言知識（文法）、讀解 （70分）	聽解 （40分）	→ 測驗科目為「語言知識（文字、語彙）」；「語言知識（文法）、讀解」；以及「聽解」共3科目。
N4	語言知識（文字、語彙） （30分）	語言知識（文法）、讀解 （60分）	聽解 （35分）	→
N5	語言知識（文字、語彙） （25分）	語言知識（文法）、讀解 （50分）	聽解 （30分）	→

　　Ｎ１與Ｎ２的測驗科目為「語言知識（文字、語彙、文法）、讀解」以及「聽解」共2科目；Ｎ３、Ｎ４、Ｎ５的測驗科目為「語言知識（文字、語彙）」、「語言知識（文法）、讀解」、「聽解」共3科目。

　　由於Ｎ３、Ｎ４、Ｎ５的試題中，包含較少的漢字、語彙、以及文法項目，因此當與Ｎ１、Ｎ２測驗相同的「語言知識（文字、語彙、文法）、讀解」科目時，有時會使某幾道試題成為其他題目的提示。為避免這個情況，因此將「語言知識（文字、語彙、文法）、讀解」，分成「語言知識（文字、語彙）」和「語言知識（文法）、讀解」施測。

＊①聽解因測驗試題的錄音長度不同，致使測驗時間會有些許差異。

4. 測驗成績

4－1　量尺得分

　　舊制測驗的得分，答對的題數以「原始得分」呈現；相對的，新制測驗的得分以「量尺得分」呈現。

　　「量尺得分」是經過「等化」轉換後所得的分數。以下，本手冊將新制測驗的「量尺得分」，簡稱為「得分」。

4－2　測驗成績的呈現

　　新制測驗的測驗成績，如表3的計分科目所示。Ｎ１、Ｎ２、Ｎ３的計分科目分為「語言知識（文字、語彙、文法）」、「讀解」、以及「聽解」3項；Ｎ４、Ｎ５的計分科目分為「語言知識（文字、語彙、文法）、讀解」以及「聽解」2項。

　　會將Ｎ４、Ｎ５的「語言知識（文字、語彙、文法）」和「讀解」合併成一項，是因為在學習日語的基礎階段，「語言知識」與「讀解」方面的重疊性高，所以將「語言知識」與「讀解」合併計分，比較符合學習者於該階段的日語能力特徵。

級數	計分科目	得分範圍
N1	語言知識（文字、語彙、文法） 讀解 聽解	0～60 0～60 0～60
	總分	0～180
N2	語言知識（文字、語彙、文法） 讀解 聽解	0～60 0～60 0～60
	總分	0～180
N3	語言知識（文字、語彙、文法） 讀解 聽解	0～60 0～60 0～60
	總分	0～180
N4	語言知識（文字、語彙、文法）、讀解 聽解	0～120 0～60
	總分	0～180
N5	語言知識（文字、語彙、文法）、讀解 聽解	0～120 0～60
	總分	0～180

　　各級數的得分範圍，如表3所示。N1、N2、N3的「語言知識（文字、語彙、文法）」、「讀解」、「聽解」的得分範圍各為0～60分，三項合計的總分範圍是0～180分。「語言知識（文字、語彙、文法）」、「讀解」、「聽解」各占總分的比例是1：1：1。

　　N4、N5的「語言知識（文字、語彙、文法）、讀解」的得分範圍為0～120分，「聽解」的得分範圍為0～60分，二項合計的總分範圍是0～180分。「語言知識（文字、語彙、文法）、讀解」與「聽解」各占總分的比例是2：1。還有，「語言知識（文字、語彙、文法）、讀解」的得分，不能拆解成「語言知識（文字、語彙、文法）」與「讀解」二項。

　　除此之外，在所有的級數中，「聽解」均占總分的三分之一，較舊制測驗的四分之一為高。

N4　題型分析

測驗科目 (測驗時間)	試題內容			
	題型		小題題數 *	分析
語言知識 — 文字、語彙	1	漢字讀音	◇ 9	測驗漢字語彙的讀音。
	2	假名漢字寫法	◇ 6	測驗平假名語彙的漢字寫法。
	3	選擇文脈語彙	○ 10	測驗根據文脈選擇適切語彙。
	4	替換類義詞	○ 5	測驗根據試題的語彙或說法，選擇類義詞或類義說法。
	5	語彙用法	○ 5	測驗試題的語彙在文句裡的用法。
語言知識、讀解 — 文法	1	文句的文法1 (文法形式判斷)	○ 15	測驗辨別哪種文法形式符合文句內容。
	2	文句的文法2 (文句組構)	◆ 5	測驗是否能夠組織文法正確且文義通順的句子。
	3	文章段落的文法	◆ 5	測驗辨別該文句有無符合文脈。
讀解 *	4	理解內容 (短文)	○ 4	於讀完包含學習、生活、工作相關話題或情境等，約100~200字左右的撰寫平易的文章段落之後，測驗是否能夠理解其內容。
	5	理解內容 (中文)	○ 4	於讀完包含以日常話題或情境為題材等，約450字左右的簡易撰寫文章段落之後，測驗是否能夠理解其內容。
	6	釐整資訊	◆ 2	測驗是否能夠從介紹或通知等，約400字左右的撰寫資訊題材中，找出所需的訊息。

聽力變得好重要喔！

沒錯，以前比重只佔整體的1/4，現在新制高達1/3喔。

聽解	1	理解問題	◇	8	於聽取完整的會話段落之後，測驗是否能夠理解其內容（於聽完解決問題所需的具體訊息之後，測驗是否能夠理解應當採取的下一個適切步驟）。
	2	理解重點	◇	7	於聽取完整的會話段落之後，測驗是否能夠理解其內容（依據剛才已聽過的提示，測驗是否能夠抓住應當聽取的重點）。
	3	適切話語	◆	5	於一面看圖示，一面聽取情境說明時，測驗是否能夠選擇適切的話語。
	4	即時應答	◆	8	於聽完簡短的詢問之後，測驗是否能夠選擇適切的應答。

＊「小題題數」為每次測驗的約略題數，與實際測驗時的題數可能未盡相同。此外，亦有可能會變更小題題數。

＊有時在「讀解」科目中，同一段文章可能會有數道小題。

＊新制測驗與舊制測驗題型比較的符號標示

◆	舊制測驗沒有出現過的嶄新題型。
◇	沿襲舊制測驗的題型，但是更動部分形式。
○	與舊制測驗一樣的題型。

N4 文法速記表

項目	文法	中譯（功能）	讀書計畫
詞類的活用	こんな	這樣的、這麼的、如此的	
	そんな	那樣的	
	あんな	那樣的	
	こう	這樣、這麼	
	そう	那樣	
	ああ	那樣	
	ちゃ、ちゃう	ては、てしまう 的縮略形式	
	～が	表後面的動作或狀態的主體	
	までに	在…之前、到…時候為止	
	數量詞＋も	多達…	
	ばかり	淨…、光…；總是…、老是…	
	でも	…之類的；就連…也	
	疑問詞＋でも	無論、不論、不拘	
	疑問詞＋か	表事態的不明確性	
	とか～とか	…啦…啦、…或…、及…	
	し	既…又…、不僅…而且…	
	の	…嗎	
	だい	…呢、…呀	
	かい	…嗎	
	な（禁止）	不准…、不要…	
	さ	表程度或狀態	
	らしい	好像…、似乎…；說是…、好像…；像…樣子、有…風度	
	がる（がらない）	覺得…（不覺得…）、想要…（不想要）	
	たがる（たがらない）	想…（不想…）	
	（ら）れる（被動）	被…	
	お～になる、ご～になる	表動詞尊敬語的形式	
	（ら）れる（尊敬）	表對對方或話題人物的尊敬	
	お＋名詞、ご＋名詞	表尊敬、鄭重、親愛	
	お～する、ご～する	表動詞的謙讓形式	

項目	文法	中譯（功能）	讀書計畫
詞類的活用	お～いたす、ご～いたす	表謙和的謙讓形式	
	ておく	…著；先…、暫且…	
	名詞＋でございます	表鄭重的表達方式	
	（さ）せる	讓…、叫…	
	（さ）せられる	被迫…、不得已…	
	ず（に）	不…地、沒…地	
	命令形	給我…、不要…	
	の（は／が／を）	的是…	
	こと	做各種形式名詞用法	
	ということだ	聽說…、據說…	
	ていく	…去；…下去	
	てくる	…來；…起來、…過來；…（然後再）來…	
	てみる	試著（做）…	
	てしまう	…完	
句型	（よ）うとおもう	我想…、我要…	
	（よ）う	…吧	
	つもりだ	打算…、準備…	
	（よ）うとする	想…、打算…	
	ことにする	決定…；習慣…	
	にする	決定…、叫…	
	お～ください、ご～ください	請…	
	（さ）せてください	請允許…、請讓…做…	
	という	叫做…	
	はじめる	開始…	
	だす	…起來、開始…	
	すぎる	太…、過於…	
	ことができる	能…、會…	
	（ら）れる（可能）	會…；能…	
	なければならない	必須…、應該…	
	なくてはいけない	必須…	
	なくてはならない	必須…、不得不…	
	のに（目的・用途）	用於…、為了…	

項目	文法	中譯（功能）	讀書計畫
句型	のに（逆接・對比）	明明…、卻…、但是…	
	けれど（も）、けど	雖然、可是、但…	
	てもいい	…也行、可以…	
	てもかまわない	即使…也沒關係、…也行	
	てはいけない	不准…、不許…、不要…	
	たことがある	曾…過	
	つづける	連續…、繼續…	
	やる	給予…、給…	
	てやる	給…（做…）	
	あげる	給予…、給…	
	てあげる	（為他人）做…	
	さしあげる	給予…、給…	
	てさしあげる	（為他人）做…	
	くれる	給…	
	てくれる	（為我）做…	
	くださる	給…、贈…	
	てくださる	（為我）做…	
	もらう	接受…、取得…、從…那兒得到…	
	てもらう	（我）請（某人為我做）…	
	いただく	承蒙…、拜領…	
	ていただく	承蒙…	
	てほしい	希望…、想…	
	ば	如果…的話、假如…、如果…就…	
	たら	要是…；如果要是…了、…了的話	
	たら～た（確定條件）	原來…、發現…、才知道…	
	なら	要是…的話	
	と	一…就	
	まま	…著	
	おわる	結束、完了	
	ても、でも	即使…也	
	疑問詞＋ても、でも	不管（誰、什麼、哪兒）…；無論…	
	だろう	…吧	
	（だろう）とおもう	（我）想…、（我）認為…	

項目	文法	中譯（功能）	讀書計畫
句型	とおもう	覺得…、認為…、我想…、我記得…	
	といい	…就好了；最好…、…為好	
	かもしれない	也許…、可能…	
	はずだ	（按理說）應該…；怪不得…	
	はずがない	不可能…、不會…、沒有…的道理	
	ようだ	像…一樣的、如…似的；好像…	
	そうだ	聽說…、據說…	
	やすい	容易…、好…	
	にくい	不容易…、難…	
	と〜と、どちら	在…與…中，哪個…	
	ほど〜ない	不像…那麼…、沒那麼…	
	なくてもいい	不…也行、用不著…也可以	
	なくてもかまわない	不…也行、用不著…也沒關係	
	なさい	要…、請…	
	ため（に）	以…為目的，做…、為了…；因為…所以…	
	そう	好像…、似乎…	
	がする	感到…、覺得…、有…味道	
	ことがある	有時…、偶爾…	
	ことになる	（被）決定…；也就是說…	
	かどうか	是否…、…與否	
	ように	請…、希望…；以便…、為了…	
	ようにする	爭取做到…、設法使…；使其…	
	ようになる	（變得）…了	
	ところだ	剛要…、正要…	
	ているところだ	正在…	
	たところだ	剛…	
	たところ	結果…、果然…	
	について（は）、につき、についても、についての	有關…、就…、關於…	

JLPT N4

しけんもんだい
試験問題

STS

答對：
／34題

第1回

言語知識（文字・語彙）

もんだい1 ＿＿の ことばは ひらがなで どう かきますか。1・2・3・4 から いちばん いい ものを ひとつ えらんで ください。

（例）春に なると さくらが さきます。

1 はる 　　　　 2 なつ 　　　　 3 あき 　　　　 4 ふゆ

（かいとうようし）　（例）　● ② ③ ④

---

1 すきな テレビ番組が はじまりました。

1 とうばん 　　 2 ばんぐみ 　　 3 ほうそう 　　 4 ばんくみ

2 ドアを 内側に ひらいて ください。

1 うちがわ 　　 2 なかがわ 　　 3 そとがわ 　　 4 そとかわ

3 あねは とても 親切です。

1 たいせつ 　　 2 しんよう 　　 3 しんきり 　　 4 しんせつ

4 父は 運転が じょうずです。

1 けいかく 　　 2 うんて 　　 3 うんてん 　　 4 じてん

5 その 会には わたしも 出席します。

1 しゅっけつ 　　 2 しゅつとう 　　 3 しゅっせき 　　 4 しゆつせき

6 かばんには 大事な ものが 入って います。

1 だいち 　　 2 だいじ 　　 3 たいせつ 　　 4 たいじ

7 サッカーの 試合を 見に いきました。
　1　しあい　　　　　2　れんしゅう　　　3　しあう　　　　4　ばあい

8 コーヒーを 一杯 いかがですか。
　1　いつはい　　　　2　いつぱい　　　　3　いっはい　　　　4　いっぱい

9 とても 景色が いいですね。
　1　けいき　　　　　2　けしき　　　　　3　けいしき　　　　4　けいしょく

もんだい2 ＿＿の ことばは どう かきますか。1・2・3・4から いちばん いい ものを ひとつ えらんで ください。

(例) 毎日、この 道を とおります。
　1 返ります　　2 通ります　　　3 送ります　　4 運ります

(かいとうようし)　| (例) | ① ● ③ ④ |

10 できるだけ にもつを かるくしましょう。
　1 経く　　　2 軽く　　　3 軽く　　　4 軽く

11 しっぱいを しないように ちゅういします。
　1 矢敗　　　2 矢敗　　　3 失敗　　　4 矢敗

12 さいふを おとして しまいました。
　1 洛として　　2 落として　　3 失として　　4 落として

13 ボールを じょうずに なげます。
　1 捨げます　　2 投げます　　3 投げます　　4 打げます

14 こんしゅうは はれる 日が すくないでしょう。
　1 小い　　　2 小ない　　　3 少い　　　4 少ない

15 こうえんの 木の はが きいろく なりました。
　1 葉　　　2 芽　　　3 菜　　　4 苗

もんだい3 （　　　）に　なにを　いれますか。1・2・3・4から　いちばん
　　　　　いい　ものを　ひとつ　えらんで　ください。

(例) わからない　ことばは、（　　　）を　引きます。
　　　1　ほん　　　　　2　せんせい　　　　3　じしょ　　　　4　がっこう

(かいとうようし)　(例)　① ② ● ④

16 京都では　みんなで　わたしを　（　　　）して　くれました。
　1　かんげい　　　　2　かんけい　　　　3　ざんねん　　　4　けいかく

17 ねつが　でたので、ちかくの　（　　　）に　いきました。
　1　じんじゃ　　　　2　こうばん　　　　3　びょういん　　　4　くうこう

18 わたしの　お父さんの　（　　　）は　えいがを　見ることです。
　1　かぞく　　　　　2　じゅうしょ　　　3　かいしゃ　　　4　しゅみ

19 おゆを　（　　　）おいしい　コーヒーを　入れました。
　1　つくって　　　　2　わいて　　　　　3　おとして　　　4　わかして

20 おなかが　（　　　）ので　バナナを　1本　食べました。
　1　あいた　　　　　2　すいた　　　　　3　ないた　　　　4　すんだ

21 お金では　なく、いつも　（　　　）で　はらいます。
　1　ケーキ　　　　　2　コート　　　　　3　カード　　　　4　パート

22 りょうしんには　なるべく　（　　　）を　かけたく　ありません。
　1　しんぱい　　　　2　きけん　　　　　3　けいざい　　　4　そうだん

23 おきなわでは　（　　　）ゆきが　ふらないそうです。
　1　どうして　　　　2　やっと　　　　　3　ほとんど　　　4　そろそろ

24 日が　（　　　）と　あたりは　まっくらに　なります。
　1　のこる　　　　　2　とまる　　　　　3　おりる　　　　4　くれる

もんだい4　＿＿の　ぶんと　だいたい　おなじ　いみの　ぶんが　あります。1
　　　　　・2・3・4から　いちばん　いい　ものを　ひとつ　えらんで　く
　　　　　ださい。

(例)　おとうとは　先生に　ほめられました。

　　1　先生は　おとうとに　「よく　できたね」と　言いました。

　　2　先生は　おとうとに　「こまったね」と　言いました。

　　3　先生は　おとうとに　「気を　つけろ」と　言いました。

　　4　先生は　おとうとに　「もう　いいかい」と　言いました。

　(かいとうようし)　　

25　海で　すいえいを　しました。

　1　海で　あそびました。

　2　海で　およぎました。

　3　海で　さかなを　つりました。

　4　海で　しゃしんを　とりました。

26　あしたの　じゅぎょうの　よしゅうを　します。

　1　きょうの　しゅくだいを　します。

　2　あしたの　じゅぎょうで　しつもんします。

　3　あしたの　じゅぎょうの　まえに　べんきょうして　おきます。

　4　きょうの　じゅぎょうを　もう　いちど　べんきょうします。

27　お父さんは　おるすですか。

　1　お父さんは　いま　おでかけですか。

　2　お父さんは　ようが　ありますか。

　3　お父さんは　いそがしいですか。

　4　お父さんは　いま　おひまですか。

28 6さい　いかの　子どもは　入っては　いけません。

1　6さいの　子どもは　入っては　いけません。

2　6さいの　子どもだけ　入って　いいです。

3　7さいまでの　子どもは　入っては　いけません。

4　7さいいじょうの　子どもは　入って　いいです。

29 わたしは　がいこくじんに　みちを　たずねられました。

1　がいこくじんは　わたしに　みちを　おしえました。

2　がいこくじんは　わたしに　みちを　きかれました。

3　がいこくじんは　わたしに　みちを　ききました。

4　がいこくじんは　わたしに　みちを　あんないしました。

もんだい5 つぎの ことばの つかいかたで いちばん いい ものを 1・2・3・4から ひとつ えらんで ください。

(例) こわい

　1　へやが　くらいので、<u>こわくて</u>　入れません。

　2　足が　<u>こわくて</u>　もう　走れません。

　3　外は　<u>こわくて</u>　かぜを　ひきそうです。

　4　この　パンは　<u>こわくて</u>　おいしいです。

（かいとうようし）　

30　おわり

　1　えいがを　<u>おわり</u>まで　見ました。

　2　カレーが　おさらの　<u>おわり</u>に　のこって　います。

　3　きょうしつの　<u>おわり</u>の　せきに　すわりました。

　4　くつ下の　<u>おわり</u>に　あなが　あきました。

31　さいきん

　1　えきからは　この　道が　<u>さいきん</u>です。

　2　<u>さいきん</u>、めがねを　あたらしく　かいました。

　3　やり方は　<u>さいきん</u>に　せつ明した　とおりです。

　4　この　しごとは　<u>さいきん</u>まで　力いっぱい　やります。

32　きびしい

　1　あさひが　目に　<u>きびしい</u>です。

　2　ともだちと　わかれたので　<u>きびしい</u>です。

　3　<u>きびしい</u>　かん字を　おぼえます。

　4　父は　<u>きびしい</u>　人です。

33 はこぶ

1 となりの へやへ にもつを はこびました。

2 こたえを 出すのに あたまを はこびました。

3 正しく つたわるように ことばを はこびました。

4 ピアノを ひくのに ゆびを はこびました。

34 りゆう

1 これは りっぱな りゆうの ある じんじゃです。

2 わたしは この 町に りゆうが あります。

3 おくれた りゆうを おしえて ください。

4 かれの はなしは りゆうが 入りません。

言語知識（文法）・読解

もんだい1 （　　　）に 何を 入れますか。1・2・3・4から いちばん いい ものを 一つ えらんで ください。

(例) わたしは 毎日 散歩 （　　　） します。

1　が　　　　　2　を　　　　　3　や　　　　　4　に

(解答用紙)　| (例)　① ● ③ ④ |

---

1 そんなに お酒を （　　　） だめだ。

1　飲んては　　　2　飲んしゃ　　　3　飲んちゃ　　　4　飲んじゃ

2 おすしも 食べた （　　　）、ケーキも 食べた。

1　し　　　　　2　でも　　　　　3　も　　　　　4　や

3 兄は どんな スポーツ （　　　） できます。

1　にも　　　　2　でも　　　　3　だけ　　　　4　ぐらい

4 校長先生が あいさつを （　　　） ので 静かに しましょう。

1　した　　　　2　しよう　　　　3　される　　　　4　すれば

5 A「あなたが 帰る 前に、部屋の そうじを して （　　　）。」
　　B「ありがとうございます。」

1　おきます　　　2　いません　　　3　ほしい　　　4　ください

6 わたしの 趣味は 音楽を 聞く （　　　） です。

1　もの　　　　2　とき　　　　3　まで　　　　4　こと

7 彼女から プレゼントを （　　　）。

1　くれました　　2　くだされます　　3　やりました　　4　もらいました

8 A「疲れて いる （　　　） 休んだ ほうが いいよ。」

　 B「そうですね。少し 休みます。」

　 1　けど　　　　　　2　なら　　　　　　3　のに　　　　　　4　まで

9 おじに 京都の おみやげを （　　　）。

　 1　あげさせました　　　　　　　　2　くださいました

　 3　さしあげました　　　　　　　　4　ございました

10 歩き（　　　） 足が 痛く なりました。

　 1　させて　　　　　2　やすく　　　　3　出して　　　　4　すぎて

11 王「太郎君は 北京へ 行った （　　　）。」

　 太郎「はい。子どもの ときに 一度 あります。」

　 1　ときですか　　　　　　　　　　2　ことが ありますか

　 3　ことが できますか　　　　　　4　ことに しますか

12 （先生が 生徒の 作文を 見て）

　 先生「ここの ところが 分かり （　　　） から 書き直しなさい。」

　 生徒「はい。書き直します。」

　 1　にくい　　　　　2　やすい　　　　3　たがる　　　　4　わるい

13 A「どうか ぼくに ひとこと （　　　） ください。」

　 B「はい。どうぞ。」

　 1　言われて　　　　2　言わなくて　　3　言わせて　　　4　言わさせて

14 A「山本君は まだ 来ませんね。」

　 B「来ると 言って いたから 必ず 来る （　　　）。」

　 1　ところです　　2　はずです　　　3　でしょうか　　4　と いいです

15 あの 雲を 見て ください。犬の （　　　） 形を してますよ。

　 1　みたいな　　　2　そうな　　　　3　ような　　　　4　はずな

もんだい2　★　に　入る　ものは　どれですか。1・2・3・4から　いちばん　いい　ものを　一つ　えらんで　ください。

(問題例)

A「＿＿＿　＿＿＿　★　＿＿＿　か。」
B「はい、だいすきです。」

1　すき　　2　ケーキ　　3　は　　4　です

(答え方)

1. 正しい　文を　作ります。

> A「＿＿＿　＿＿＿　★　＿＿＿か。」
> 　2ケーキ　3は　1すき　4です
> B「はい、だいすきです。」

2. ★に　入る　番号を　黒く　塗ります。

(解答用紙)　**(例)**　● ② ③ ④

16　A「この　水は　飲む　ことが　できますか。」
　　B「さあ、飲む　＿＿＿　＿＿＿　★　＿＿＿　、知りません。」
　1　どうか　　2　できる　　3　ことが　　4　か

17　A「体の　ために　何か　毎日　やって　いますか。」
　　B「朝、起きたら、いつも　大学の　＿＿＿　＿＿＿　★　＿＿＿　います。」
　1　ことに　　2　して　　3　走る　　4　まわりを

030　　Check □1 □2 □3

18 A「お昼ごはんは いつも どうして いるのですか。」
B「いつもは 近くの 店で 食べるのですが、今日は、 おべんとう
＿＿＿ ＿＿＿ ★ ＿＿＿ きました。」
1 作って 　　2 家 　　3 で 　　4 を

19「はい、上田です。父は いま るすに して おります。もどりまし
たら こちらから ＿＿＿ ＿＿＿ ★ ＿＿＿ ます。」
1 ように 　　2 つたえて 　　3 おき 　　4 お電話する

20 上田「あなたの 妹は あなたに 似て いますか。」
山川「妹は ＿＿＿ ＿＿＿ ★ ＿＿＿ ですよ。」
1 太って 　　2 ほど 　　3 いない 　　4 わたし

もんだい3　<u>21</u> から <u>25</u> に 何を 入れますか。文章の 意味を 考えて、1・2・3・4から いちばん いい ものを 一つ えらんで ください。

下の 文章は、ソンさんが 本田さんに 送った お礼の 手紙です。

本田様

　<u>21</u> 暑い 日が つづいて いますが、その後、おかわり ありませんか。

　8月の 旅行では たいへん <u>22</u> 、ありがとう ございました。海で 泳いだり、船に <u>23</u> して、とても 楽しかったです。わたしの 国では、近くに 海が なかったので、いろいろな ことが みんな はじめての 経験でした。

　わたしの 国の 料理を いっしょに 作って みんなで 食べたことを、ときどき <u>24</u> います。

　みな様と いっしょに とった 写真が できましたので、<u>25</u> 。

　また、いつか お会いできる 日を 楽しみに して おります。

9月10日　ソン・ホア

21

1　もう　　　　　2　まだ　　　　　3　まず　　　　　4　もし

22

1　お世話をして　　　　　　　　2　お世話いたしまして
3　世話をもらい　　　　　　　　4　お世話になり

23

1　乗せたり　　　2　乗ったり　　　3　乗るだけ　　　4　乗るように

24

1　思い出すなら　　2　思い出したら　　3　思い出して　　4　思い出されて

25

1　お送りいただきます　　　　　2　お送りさせます
3　お送りします　　　　　　　　4　お送りして くれます

もんだい4 つぎの (1) から (4) の文章を読んで、質問に答えてください。答えは、
1・2・3・4から、いちばんいいものを一つえらんでください。

(1)

研究室のカンさんのつくえの上に、次の手紙が置かれています。

カンさん

　先週、いなかに帰ったら、おみやげにりんごジャムを持っていくように
と、母に言われました。母が作ったそうです。カンさんとシュウさんにさ
しあげて、と言っていました。研究室のれいぞうこに入れておいたので、
持って帰ってください。

高橋

---

26 カンさんは、どうしますか。

1 いなかで買ったおかしを持って帰ります。

2 れいぞうこのりんごジャムを、持って帰ります。

3 れいぞうこのりんごをシュウさんにわたします。

4 れいぞうこのりんごを持って帰ります。

(2)
動物園の入り口に、次の案内がはってありました。

動物園からのご案内

◆ 動物がおどろきますので、音や光の出るカメラで写真をとらないでください。

◆ 動物に食べ物をやらないでください。

◆ ごみは家に持って帰ってください。

◆ 犬やねこなどのペットを連れて、動物園の中に入ることはできません。

◆ ボール、野球の道具などを持って入ることはできません。

---

27 この案内から、動物園についてわかることは何ですか。

1 音や光が出ないカメラなら写真をとってもよい。

2 ごみは、決まったごみ箱にすてなければならない。

3 のこったおべんとうを、動物に食べさせてもよい。

4 ペットの小さい犬といっしょに入ってもよい。

(3)

これは、田中課長からチャンさんに届いたメールです。

チャンさん

　　Ｓ貿易の社長さんが、３日の午後１時に来られます。応接間が空いている
かどうか調べて、空いていなかったら会議室を用意しておいてください。う
ちの会社からは、山田部長とわたしが出席することになっています。チャン
さんも出席して、最近の会社の仕事について説明できるように準備しておい
てください。

田中

---

28 チャンさんは、最近の会社の仕事について書いたものを用意しようと思って
います。何人分、用意すればよいですか。

1　２人分

2　３人分

3　４人分

4　５人分

(4)

　山田さんは大学生になったので、アルバイトを始めました。スーパーのレジの仕事です。なれないので、レジを打つのがほかの人よりおそいため、いつもお客さんにしかられます。

29　山田さんがお客さんに言われるのは、たとえばどういうことですか。

　1　「なれないので、たいへんね。」

　2　「いつもありがとう。」

　3　「早くしてよ。おそいわよ。」

　4　「まちがえないようにしなさい。」

もんだい5　つぎの文章を読んで、質問に答えてください。答えは、1・2・3・
　　　　　4から、いちばんいいものを一つえらんでください。

　私は電車の中から窓の外の景色を見るのがとても好きです。ですから、勤めに
行くときも家に帰るときも、電車ではいつも椅子に座らず、①立って景色を見て
います。

　すると、いろいろなものを見ることができます。学校で元気に遊んでいる子ど
もたちが見えます。駅の近くの八百屋で、買い物をしている女の人も見えます。
晴れた日には、遠くのたてものや山も見えます。

　②ある冬の日、わたしは会社の仕事で遠くに出かけました。知らない町の電車
に乗って、いつものように窓から外の景色を見ていたわたしは、「あっ！」と③
大きな声を出してしまいました。富士山が見えたからです。周りの人たちは、み
んなわたしの声に驚いたように外を見ました。8歳ぐらいの女の子が「ああ、富士
山だ。」とうれしそうに大きな声で言いました。青く晴れた空の向こうに、真っ
白い富士山がはっきり見えました。とてもきれいです。

　駅に近くなると、富士山は見えなくなりましたが、その日は、一日中、何かい
いことがあったようなうれしい気分でした。

30　「わたし」が、電車の中で①立っているのはなぜですか。
　1　人がいっぱいで椅子に座ることができないから
　2　立っている方が、窓の外の景色がよく見えるから
　3　座っていると、富士山が見えないから
　4　若い人は、電車の中では立っているのが普通だから

31　②ある冬の日、「わたし」は何をしていましたか。
　1　いつもの電車に乗り、立って外の景色を見ていました。
　2　会社の用で出かけ、知らない町の電車に乗っていました。
　3　会社の帰りに遠くに出かけ、電車に乗っていました。
　4　いつもの電車の椅子に座って、外を見ていました。

32 「わたし」が、③大きな声を出したのはなぜですか。

1 女の子の大きな声に驚いたから

2 電車の中の人たちがみんな外を見たから

3 富士山が急に見えなくなったから

4 窓から富士山が見えたから

33 富士山を見た日、「わたし」はどのような気分で過ごしましたか。

1 いいことがあったような気分で過ごしました。

2 とても残念な気分で過ごしました。

3 少しさびしい気分で過ごしました。

4 これからもがんばろうという気分で過ごしました。

もんだい6　つぎのページの「東京ランド　料金表」という案内を見て、下の質問
　　　　　　に答えてください。答えは、1・2・3・4から、いちばんいいもの
　　　　　　を一つえらんでください。

34　中村さんは、日曜日の午後から、むすこで小学3年生（8歳）のあきらくんを、
「東京ランド」へつれていくことになりました。中に入るときに、お金は二人
でいくらかかりますか。

1　500円
2　700円
3　1000円
4　2200円

35　あきらくんは、「子ども特急」と「子どもジェットコースター」に乗りたいと
言っています。かかるお金を一番安くしたいとき、どのようにけんを買うの
がよいですか。（乗り物には、あきらくんだけで乗ります。）

1　大人と子どもの「フリーパスけん」を、1まいずつ買う。
2　子どもの「フリーパスけん」を、1まいだけ買う。
3　回数けんを、1つ買う。
4　普通けんを、6まい買う。

東京ランド　料金表

〔入園料〕…中に入るときに必要なお金です。

入園料	
大人（中学生以上）	500 円
子ども（5さい以上、小学6年生以下）・65さい以上の人	200 円
（4さい以下のお子さまは、お金はいりません。）	

〔乗り物けん*〕…乗り物に乗るときに必要なお金です。

◆　フリーパスけん（一日中、どの乗り物にも何回でも乗れます。）	
大人（中学生以上）	1200 円
子ども（5さい以上、小学6年生以下）	1000 円
（4さい以下のお子さまは、お金はいりません。）	

◆　普通けん　（乗り物に乗るときに必要な数だけ出してください。）		
普通けん	1 まい	50 円
回数けん（普通けん11まいのセット）	11 まい	500 円

・乗り物に乗るときに必要な普通けんの数

乗り物	必要な乗り物けんの数
メリーゴーランド	2まい
子ども特急	2まい
人形の船	2まい
コーヒーカップ	1まい
子どもジェットコースター	4まい

○　たくさんの乗り物を楽しみたい人は、「フリーパスけん」がべんりです。

○　少しだけ乗り物に乗りたい人は、「普通けん」を、必要な数だけお買いください。

*けん：きっぷのようなもの。

答對：

／28題

聴解

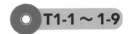

回數

1

2

3

もんだい 1

　　もんだい 1 では、まず　しつもんを　聞いて　ください。それから　話を　聞いて、もんだいようしの　1 から 4 の　中から、いちばん　いい　ものを　一つ　えらんで　ください。

れい

　1　月曜日
　2　火曜日
　3　水曜日
　4　金曜日

Check　□1　□2　□3

041

1ばん

2ばん

1　4175

2　4715

3　4517

4　4571

3ばん

1 冷_{つめ}たい　こうちゃ

2 熱_{あつ}い　こうちゃ

3 冷_{つめ}たい　こうちゃと　ケーキ

4 ケーキ

4ばん

5ばん

1　南^{みなみおおやま}大山アパート
2　南^{みなみおおかわ}大川アパート
3　北^{きたおおやま}大山アパート
4　東^{ひがしおおやま}大山アパート

6ばん

1　21日^{にち}から　23日^{にち}まで
2　21日^{にち}から　25日^{にち}まで
3　22日^{にち}から　24日^かまで
4　23日^{にち}から　25日^{にち}まで

7ばん

1 あおの　かみと　しろの　かみ

2 きいろの　かみと　あかの　かみ

3 あかの　かみと　しろの　かみ

4 きいろの　かみと　あおの　かみ

8ばん

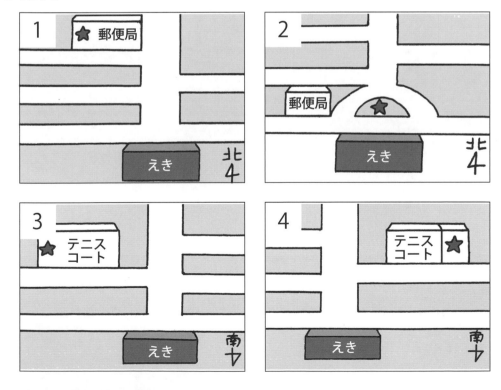

もんだい２

　もんだい２では、まず　しつもんを　聞いて　ください。そのあと、もんだいようしを　見て　ください。読む　時間が　あります。それから　話を　聞いて、もんだいようしの　１から４の　中から、いちばん　いい　ものを　一つ　えらんで　ください。

れい

1　デジカメを　持って　いないから
2　女の人の　デジカメが　気に　入って　いるから
3　自分の　カメラは　重いから
4　自分の　カメラは　こわれて　いるから

Check □1 □2 □3

1ばん

1　40まい

2　50まい

3　90まい

4　100まい

2ばん

1　30分

2　2時間

3　1時間

4　3時間30分

3ばん

1 字が 汚いから

2 消しゴムで きれいに 消して いないから

3 ボールペンで なく、鉛筆で 書いたから

4 字が まちがって いるから

4ばん

1 12時18分

2 12時15分

3 12時30分

4 12時45分

5ばん

1　午後8時

2　午後4時

3　午前11時

4　午後2時

6ばん

1　6時から　9時はんまで　ホテルの　へやで

2　6時から　8時はんまで　ホテルの　へやで

3　6時から　8時はんまで　しょくどうで

4　6時から　9時まで　しょくどうで

聴解

7ばん

1　ちゅうごくの　かんじの　はなし

2　かたかなの　はなし

3　にほんと　ちゅうごくの　字の　ちがい

4　ひらがなの　はなし

　　　　　　　　　　　　　　　　　　　　　　　　Check □1 □2 □3

もんだい 3

T1-18〜1-23

　もんだい 3 では、えを 見ながら しつもんを 聞いて ください。
➡ （やじるし）の 人は 何と 言いますか。1 から 3 の 中から、いちばん いい ものを 一つ えらんで ください。

れい

1 ばん

2 ばん

Check ☐1 ☐2 ☐3

3ばん

4ばん

5ばん

もんだい４

T1-24～1-32

　もんだい４では、えなどが　ありません。まず　ぶんを　聞いて　ください。
それから、そのへんじを　聞いて、１から３の　中から、いちばん　いい　ものを
一つ　えらんで　ください。

― メモ ―

第2回

言語知識（文字・語彙）

もんだい1 ＿＿＿の ことばは ひらがなで どう かきますか。1・2・3・4 から いちばん いい ものを ひとつ えらんで ください。

(例) 春に なると さくらが さきます。

1　はる　　　　2　なつ　　　　3　あき　　　　4　ふゆ

(かいとうようし)　| (例) | ● ② ③ ④ |

1　特に ようは ありません。

1　こと　　　　2　きゅう　　　　3　とく　　　　4　べつ

2　出発が おくれて います。

1　しゅっせき　　2　しゅっぱつ　　3　しゅぱつ　　4　しゆぱつ

3　まいにち いえで じゅぎょうの 復習を します。

1　れんしゅう　　2　ふくしう　　3　よしゅう　　4　ふくしゅう

4　寝て いる 場合では ありません。

1　ばあい　　　　2　ばわい　　　　3　ばしょ　　　　4　ばうわい

5　熱心に 本を よんで います。

1　ねんしん　　2　ねっしん　　3　ねつしん　　4　ねつし

6　昨日は 終電で かえりました。

1　しゅうてん　　2　しゅうでん　　3　でんしゃ　　4　でんしや

7　けがが　なおって　退院しました。

1　たんいん　　　2　びょういん　　　3　にゅういん　　　4　たいいん

8　笑った　かおが　かわいいです。

1　わらった　　　2　とおった　　　3　まいった　　　4　こまった

9　この　おもちゃを　自由に　つかって　あそんで　いいですよ。

1　じゅう　　　2　じいゆう　　　3　じゆう　　　4　じゅゆう

もんだい2　　＿＿＿の　ことばは　どう　かきますか。1・2・3・4から　いちばん　いい　ものを　ひとつ　えらんで　ください。

(例) 毎日、この　道を　とおります。

　　1　返ります　　　2　通ります　　　　3　送ります　　　　4　運ります

　　(かいとうようし)　　

10　本だなの　たかさは　1メートルです。

　1　長さ　　　　　　2　髙さ　　　　　　3　強さ　　　　　4　高さ

11　風が　つめたい　きせつに　なりました。

　1　季答　　　　　　2　季節　　　　　　3　李節　　　　　4　李筋

12　おもい　にもつを　もって　あるきました。

　1　思い　　　　　　2　軽い　　　　　　3　重い　　　　　4　里い

13　はいざらは　へやの　そとに　あります。

　1　炭皿　　　　　　2　灰皿　　　　　　3　炭血　　　　　4　灰血

14　こまかい　ことは　あとで　せつ明します。

　1　細い　　　　　　2　細かい　　　　　3　畍い　　　　　4　畍かい

15　つぎは　くびを　まわす　うんどうです。

　1　首　　　　　　　2　百　　　　　　　3　頭　　　　　4　頁

もんだい3 （　　　）に なにを いれますか。1・2・3・4から いちばん
いい ものを ひとつ えらんで ください。

（例） わからない ことばは、（　　　）を 引きます。

　　1　ほん　　　　　2　せんせい　　　　3　じしょ　　　　4　がっこう

　　（かいとうようし）　| （例） | ① ② ● ④ |

16　さくや おそくまで テレビを 見たので （　　　）です。
　1　かわいい　　　　2　ねむい　　　　　3　さびしい　　　　4　つまらない

17　きょねんより おそく さくらの 花が （　　　）ひらきました。
　1　やっと　　　　　2　ずっと　　　　　3　けっして　　　　4　もう

18　きのうは おうかがい できずに たいへん （　　　）しました。
　1　おれい　　　　　2　しつれい　　　　3　おかげ　　　　　4　しっぱい

19　弟は ひろった 子いぬを だいじに （　　　）います。
　1　ならべて　　　　2　とどけて　　　　3　かわって　　　　4　そだてて

20　まどを （　　　）と とおくに きれいな 山が 見えます。
　1　しめる　　　　　2　ひく　　　　　　3　かける　　　　　4　あける

21　兄は まいあさ だいがくに （　　　）います。
　1　かよって　　　　2　おこして　　　　3　とまって　　　　4　とおって

22　そふは くすりを のんで よく （　　　）います。
　1　こまって　　　　2　ねむって　　　　3　つかって　　　　4　しかって

23　はがきの （　　　）には じゅうしょと なまえを かきます。
　1　うちがわ　　　　2　おもて　　　　　3　あいだ　　　　　4　さき

24　おじの かぞくは 東京の （　　　）に すんで います。
　1　こくない　　　　2　ばしょ　　　　　3　こうがい　　　　4　こうつう

もんだい4 ＿＿の ぶんと だいたい おなじ いみの ぶんが あります。1
・2・3・4から いちばん いい ものを ひとつ えらんで く
ださい。

(例) おとうとは 先生に ほめられました。

1 先生は おとうとに 「よく できたね」と 言いました。

2 先生は おとうとに 「こまったね」と 言いました。

3 先生は おとうとに 「気を つけろ」と 言いました。

4 先生は おとうとに 「もう いいかい」と 言いました。

(かいとうようし)

25 わたしは しんぶんを 見て おどろきました。

1 わたしは しんぶんを 見て かんがえました。

2 わたしは しんぶんを 見て たおれました。

3 わたしは しんぶんを 見て びっくりしました。

4 わたしは しんぶんを 見て わらいました。

26 用が すんだら なるべく 早く 帰ります。

1 用が すんだら かならず 早く 帰ります。

2 用が すんだら できるだけ 早く 帰ります。

3 用が すんだら たぶん 早く 帰るでしょう。

4 用が すんだら 早く 帰るはずです。

27 ケーキを 食べすぎました。

1 ケーキを もう すこし 食べたかったです。

2 ケーキを ゆっくり 食べました。

3 ケーキを いつもより たくさん 食べました。

4 ケーキを もう いちど 食べたいです。

28 きょうは かさを わすれて 出かけました。

1 きょうは かさを もたずに 出かけて しまいました。

2 きょうは かさを どこかに おいて きました。

3 きょうは かさを どこかで なくしました。

4 きょうは かさを もったまま 出かけました。

29 明日 ヤンさんに あやまります。

1 明日 ヤンさんに 「注意してね」と 言います。

2 明日 ヤンさんに 「いっしょに 行こうよ」と 言います。

3 明日 ヤンさんに 「ごめんなさい」と 言います。

4 明日 ヤンさんに 「おもしろかった」と 言います。

もんだい5　つぎの　ことばの　つかいかたで　いちばん　いい　ものを　1・2・3・4から　ひとつ　えらんで　ください。

(例) こわい

　　1　へやが　くらいので、こわくて　入れません。

　　2　足が　こわくて　もう　走れません。

　　3　外は　こわくて　かぜを　ひきそうです。

　　4　この　パンは　こわくて　おいしいです。

　　(かいとうようし)　　

30　きまる

　　1　おかしは、はこに　ぴったり　きまりました。

　　2　くにの　母から　でんわが　きまりました。

　　3　毎日　べんきょうを　きまりました。

　　4　パーティーは　午後　6時からに　きまりました。

31　あんしん

　　1　じどうしゃは　あんしんに　うんてんしましょう。

　　2　けがを　したら　あんしんに　しましょう。

　　3　かれが　近くに　いれば　あんしんです。

　　4　あの　人は　あんしんな　あいさつを　します。

32　やさしい

　　1　わたしは　やさしくて　よく　かぜを　ひきます。

　　2　この　にくは　やさしくて　きりやすいです。

　　3　てんきが　やさしくて　いい　きもちです。

　　4　かのじょは　やさしくて　しんせつです。

33 とめる

1 りょこうを とめる ことに しました。

2 本は たなの 中に とめて ください。

3 れいぞうこに お母さんの メモが とめて ありました。

4 としょかんでは こえを とめるように して ください。

34 かいわ

1 3時から おきゃくさまとの かいわが あります。

2 にほんごで かいわを するのは むずかしいです。

3 なつやすみの かいわで やる ことを つたえます。

4 しゃちょうが かいわを ひらいて せつめいします。

言語知識（文法）・読解

もんだい1　（　　　）に　何を　入れますか。1・2・3・4から　いちばん
　　　　　いい　ものを　一つ　えらんで　ください。

（例）わたしは　毎日　散歩（　　　）します。

　　1　が　　　　　　2　を　　　　　　3　や　　　　　4　に

（解答用紙）　**(例)**　① ● ③ ④

1　赤とか　青（　　　）、いろいろな　色の　服が　あります。

　1　とか　　　　　2　でも　　　　　3　から　　　　4　にも

2　昨日は　今年一番の　寒（　　　）だった　そうです。

　1　い　　　　　　2　が　　　　　　3　く　　　　　4　さ

3　A「パーティーは　楽しかった（　　　）?」
　　　B「はい。とても　楽しかったです。」

　1　かい　　　　　2　とか　　　　　3　でも　　　　4　から

4　どうぞ　こちらに　お座り（　　　）。

　1　に　なる　　　2　いたす　　　　3　します　　　4　ください

5　遠くから　電車の　音が　聞こえ（　　　）。

　1　て　みる　　　2　て　いく　　　3　て　くる　　　4　て　もらう

6　宿題を　忘れて、ろうかに　（　　　）。

　1　立たせた　　　2　立たされた　　3　立たれた　　4　立てた

7　もし　晴れて　（　　　）、ここから　富士山が　見えます。

　1　ばかり　　　　2　ように　　　　3　いたら　　　4　なくて

8 勉強を した（　　　）、試験で いい 点が 取れなかった。

1　けれど　　　2　から　　　3　ので　　　4　だけ

9 「勉強も 終わったし、テレビ（　　　）見ようか。」
「そうだね。そうしよう。」

1　も　　　2　でも　　　3　ても　　　4　まで

10 A「ここで たばこを 吸っても（　　　）。」
B「すみません。ここは 禁煙席です。」

1　くれますか　　2　はずですか　　3　いいですか　　4　ようですか

11 夜に なる（　　　）星が たくさん 見えます。

1　も　　　2　と　　　3　が　　　4　のに

12 コーヒーと 紅茶と、（　　　）好きですか。

1　とても　　　2　ぜんぶ　　　3　かならず　　　4　どちらが

13 A「ずいぶん ピアノが 上手ですね。」
B「毎日 練習したから 上手に（　　　）んです。」

1　弾けるように なった　　　　2　弾けるように した
3　弾ける かもしれない　　　　4　弾いて もらう

14 先生の 話に よると、高木君の お母さんは 看護師（　　　）。

1　に なる　　　2　だそうだ　　　3　ばかりだ　　　4　そうだ

15 A「展覧会に きみの 絵が 出ているそうだね。」
B「ええ、（　　　）見に きて くださいね。」

1　たぶん　　　2　きっと　　　3　だいたい　　　4　でも

もんだい2 __★__に 入る ものは どれですか。1・2・3・4から いちば
ん いい ものを 一つ えらんで ください。

（問題例）

A「____ ____ __★__ ____ か。」

B「はい、だいすきです。」

1 すき　　　　2 ケーキ　　　　3 は　　　　4 です

（答え方）

1. 正しい 文を 作ります。

> A「_____ _____ __★__ _____か。」
> 　　2 ケーキ　　3 は　　　1 すき　　4 です
> B「はい、だいすきです。」

2. __★__に 入る 番号を 黒く 塗ります。

（解答用紙）　| （例） | ● ② ③ ④ |

---

16 A「田中さんは いらっしゃいますか。」

B「はい。____ ____ __★__ ____ ください。」

1 に　　　　　2 なって　　　　3 少し　　　　4 お待ち

17 （デパートで）

「お客さま、この シャツは 少し 小さいようですので、もう

少し ____ ____ __★__ ____ か。」

1 しましょう　　2 お持ち　　　3 大きい　　　4 ものを

18 A「どの 人が あなたの お姉さんですか。」

B「一番 右に ＿＿＿ ＿＿＿ ＿★＿ ＿＿＿ わたしの 姉です。」

1 が 　　　　2 いる 　　　　3 の 　　　　4 立って

19 A「春休みには 帰国する そうですね。」

B「はい。けれども 4月10日までには 日本に ＿＿＿ ＿＿＿

＿★＿ ＿＿＿ 。」

1 なりません 　　2 ては 　　　　3 帰って 　　　　4 こなく

20 町田「石川さん。音楽会には いつ 行くのですか。」

石川「来週の 日曜日に ＿＿＿ ＿＿＿ ＿★＿ ＿＿＿ ます。」

1 思って 　　　　2 と 　　　　3 行こう 　　　　4 い

もんだい3 　21　 から 　25　 に 何を 入れますか。文章の 意味を 考えて、
1・2・3・4から いちばん いい ものを 一つ えらんで ください。

下の 文章は 「私の 家」に ついての 作文です。

「ひっこし」

イワン・スミルノフ

　先月 ぼくは ひっこしました。それまでの 下宿は、学校から 1時間
半 　21　 かかったし、近くに 店も なくて 　22　 からです。それで、
学校の 近くに 部屋を 借りようと 　23　 。

　新しい ぼくの 部屋は、学校の 前の 横断歩道を わたって、すぐの
ところに あります。これまでは 学校に 行くのに とても 早く 起き
なければ なりませんでしたが、これからは 少し 　24　 なりました。

　ひっこす 日の 朝、友だちが 手伝いに きて、ぼくの 荷物を 全部
部屋に 運んで くれました。お昼ごろ、きれいに なった 部屋で、友だ
ち 　25　 持って きて くれた お弁当を 食べました。

21

1　だけ 　　　　　2　まで 　　　　　3　も 　　　　　4　さえ

22

1　便利だった 　　2　静かだった 　　3　不便だった 　　4　うれしかった

23

1　思いました 　　　　　　　　　2　思うでしょう
3　思います 　　　　　　　　　　4　思うかもしれません

24

1　朝ねぼうしたがる ように 　　　2　朝ねぼうしても よく
3　朝ねぼうさせる ことに 　　　　4　朝ねぼうさせられる ように

25

1　は 　　　　　　　2　に 　　　　　　　3　を 　　　　　　　4　が

もんだい4 つぎの (1) から (4) の文章を読んで、質問に答えてください。答えは、
1・2・3・4から、いちばんいいものを一つえらんでください。

(1)

これは、大西さんからパトリックさんに届いたメールです。

パトリックさん

大西です。いい季節ですね。
わたしの携帯電話のメールアドレスが、今日の夕方から変わります。すみませんが、わたしのアドレスを新しいのに直しておいてくださいませんか。
携帯電話の電話番号やパソコンのメールアドレスは変わりません。よろしくお願いします。

26　パトリックさんは、何をしたらよいですか。
1　大西さんの携帯電話のメールアドレスを新しいのに変えます。
2　大西さんの携帯電話の電話番号を新しいのに変えます。
3　大西さんのパソコンのメールアドレスを新しいのに変えます。
4　大西さんのメールアドレスを消してしまいます。

(2)

カンさんが住んでいる東町のごみ置き場に、次のような連絡がはってあります。

ごみ集めについて

○ 12月31日（火）から1月3日（金）までは、ごみは集めにきま
せんので、出さないでください。

○ 上の日以外は、決められた曜日に集めにきます。

◆ 東町のごみ集めは、次の曜日に決められています。
燃えるごみ（生ごみ・台所のごみや紙くずなど）……火・土
プラスチック（プラスチックマークがついているもの）…水
びん・かん……月

---

27 カンさんは、正月の間に出た生ごみと飲み物のびんを、なるべく早く出した
いと思っています。いつ出せばよいですか。

1 生ごみ・びんの両方とも、12月30日に出します。

2 生ごみ・びんの両方とも、1月4日に出します。

3 生ごみは1月4日に、びんは1月6日に出します。

4 生ごみは1月11日に、びんは1月6日に出します。

(3)
テーブルの上^{うえ}に、母^{はは}からのメモと紙^{かみ}に包^{つつ}んだ荷物^{にもつ}が置^おいてあります。

ゆいちゃんへ

お母^{かあ}さんは仕事^{しごと}があるので、これから大学^{だいがく}に行^いきます。
すみませんが、この荷物^{にもつ}を湯川^{ゆかわ}さんにおとどけしてください。
湯川^{ゆかわ}さんは高田馬場^{たかだのばば}の駅前^{えきまえ}に３時^じにとりにきてくれます。
赤^{あか}い服^{ふく}を着^きているそうです。湯川^{ゆかわ}さんの携帯番号^{けいたいばんごう}は、123-4567-89××です。

母^{はは}より

28 ゆいさんは、何^{なに}をしますか。
1 ３時^じに、赤^{あか}い服^{ふく}を着^きて大学^{だいがく}に仕事^{しごと}をしにいきます。
2 ３時^じに、赤^{あか}い服^{ふく}を着^きて大学^{だいがく}に荷物^{にもつ}をとりにいきます。
3 ３時^じに、高田馬場^{たかだのばば}の駅前^{えきまえ}に荷物^{にもつ}を持^もっていきます。
4 ３時^じに、高田馬場^{たかだのばば}の駅前^{えきまえ}に荷物^{にもつ}をとりにいきます。

(4)

　日本には、お正月に＊年賀状を出すという習慣がありますが、最近、年賀状のかわりにパソコンでメールを送るという人が増えているそうです。メールなら一度に何人もの人に同じ文で送ることができるので簡単だからということです。

　しかし、お正月にたくさんの人からいろいろな年賀状をいただくのは、とてもうれしいことなので、年賀状の習慣がなくなるのは残念です。

＊年賀状：お正月のあいさつを書いたはがき

[29] 年賀状のかわりにメールを送るようになったのは、なぜだと言っていますか。

1　メールは年賀はがきより安いから。

2　年賀状をもらってもうれしくないから。

3　一度に大勢の人に送ることができて簡単だから。

4　パソコンを使う人がふえたから。

もんだい5 つぎの文章を読んで、質問に答えてください。答えは、1・2・3・

4から、いちばんいいものを一つえらんでください。

その日は、10時30分から会議の予定がありましたので、わたしはいつもより早く家を出て駅に向かいました。

もうすぐ駅に着くというときに、歩道に①時計が落ちているのを見つけました。とても高そうな立派な時計です。人に踏まれそうになっていたので、ひろって駅前の交番に届けにいきました。おまわりさんに、時計が落ちていた場所を聞かれたり、わたしの住所や名前を紙に書かされたりしました。

②遅くなったので、会社の近くの駅から会社まで走っていきましたが、③会社に着いた時には、会議が始まる時間を10分も過ぎていました。急いで部長の部屋に行き、遅れた理由を言ってあやまりました。部長は「そんな場合は、遅れることをまず、会社に連絡しろと言っただろう。なぜそうしなかったのだ。」と怒りました。わたしが「すみません。急いでいたので、連絡するのを忘れてしまいました。これから気をつけます。」と言うと、部長は「よし、わかった。今後気をつけなさい。」とおっしゃって、温かいコーヒーをわたしてくださいました。そして、「会議は11時から始めるから、それまで、少し休みなさい。」とおっしゃったので、自分の席で温かいコーヒーを飲みました。

30 ①時計について、正しくないものはどれですか。

1 ねだんが高そうな立派な時計だった。

2 人に踏まれそうになっていた。

3 歩道に落ちていた。

4 会社の近くの駅のそばに落ちていた。

31 ②遅くなったのは、なぜですか。

1 交番でいろいろ聞かれたり書かされたりしたから

2 時計をひろって、遠くの交番に届けに行ったから

3 会社の近くの駅から会社までゆっくり歩き過ぎたから

4 いつもより家を出るのがおそかったから

32 ③会社に着いた時は何時でしたか。

1　10 時半

2　10 時 40 分

3　10 時 10 分

4　11 時

33 部長は、どんなことを怒ったのですか。

1　会議の時間に 10 分も遅れたこと

2　つまらない理由で遅れたこと

3　遅れることを連絡しなかったこと

4　うそをついたこと

もんだい6　つぎのページの、「地震のときのための注意」という、△△市が出し
　　　　　ている案内を見て、下の質問に答えてください。答えは、１・２・３
　　　　　・４から、いちばんいいものを一つえらんでください。

34　松田さんは、地震がおきる前に準備しておこうと考えて、「地震のときに持っ
　　て出る荷物」をつくることにしました。荷物の中に、何を入れたらよいですか。
　1　３日分の食べ物と消火器
　2　スリッパと靴
　3　３日分の食べ物と服、かい中でんとう、薬
　4　ラジオとテレビ

35　地震でゆれはじめたとき、松田さんは、まず、どうするといいですか。
　1　つくえなどの下で、ゆれるのが終わるのをまつ。
　2　つけている火をけして、外ににげる。
　3　たおれそうな棚を手でおさえる。
　4　ラジオで地震についてのニュースを聞く。

地震のときのための注意

△△市ぼうさい課*

○ 地震がおきる前に、いつも考えておくことは？

	5つの注意	やること
1	テレビやパソコンなどがおちてこないように、おく場所を考えよう。	・本棚などは、たおれないように、道具でとめる。
2	われたガラスなどで、けがをしないようにしよう。	・スリッパや靴を部屋においておく。
3	火が出たときのための、準備をしておこう。	・消火器*のある場所を覚えておく。
4	地震のときに持って出る荷物をつくり、おく場所を決めておこう。	・3日分の食べ物、服、かい中でんとう*、薬などを用意する。
5	家族や友だちとれんらくする方法を決めておこう。	・市や町で決められている場所を知っておく。

○地震がおきたときは、どうするか？

1	まず、自分の体の安全を考える！ ・つくえなどの下に入って、ゆれるのが終わるのをまつ。
2	地震の起きたときに、すること ① 火を使っているときは、火をけす。 ② たおれた棚やわれたガラスに注意する。 ③ まどや戸をあけて、にげるための道をつくる。 ④ 家の外に出たら、上から落ちてくるものに注意する。 ⑤ ラジオやテレビなどで、ニュースを聞く。

*ぼうさい課：地震などがおきたときの世話をする人たち。
　消火器：火を消すための道具。
　かい中でんとう：持って歩ける小さな電気。電池でつく。

もんだい1

　もんだい1では、まず　しつもんを　聞いて　ください。それから　話を　聞いて、もんだいようしの　1から4の　中から、いちばん　いい　ものを　一つ　えらんで　ください。

れい

1　月曜日
2　火曜日
3　水曜日
4　金曜日

1ばん

1 つぎの えきまで でんしゃに のり、つぎに バスに のる

2 タクシーに のる

3 しんごうまで あるいてから バスに のる

4 ちずを みながら あるいて いく

2ばん

Check ☐1 ☐2 ☐3

3ばん

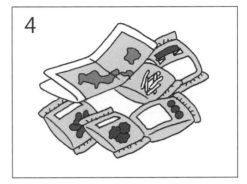

4ばん

1　日本製

2　外国製

3　日本製

4　外国製

5ばん

1 テストの べんきょうを する

2 みんなに メールを する

3 おんなの がくせいに でんわを する

4 みんなに でんわを する

6ばん

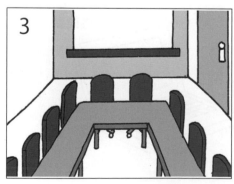

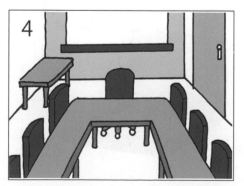

7ばん

1　としょかんに　かえす

2　家で　ひとりで　きく
　いえ

3　のむらくんに　わたす

4　のむらくんと　いっしょに　きく

8ばん

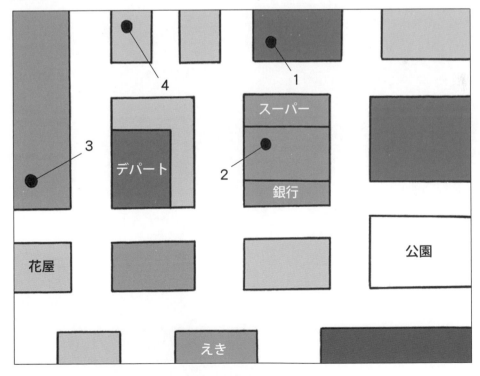

もんだい 2

　もんだい 2 では、まず　しつもんを　聞いて　ください。そのあと、もんだいようしを　見て　ください。読む　時間が　あります。それから　話を　聞いて、もんだいようしの　1 から 4 の　中から、いちばん　いい　ものを　一つ　えらんで　ください。

れい

1　デジカメを　持って　いないから
2　女の人の　デジカメが　気に　入って　いるから
3　自分の　カメラは　重いから
4　自分の　カメラは　こわれて　いるから

1ばん

1　てんぷらの　おみせ

2　すしの　おみせ

3　ステーキの　おみせ

4　ハンバーグの　おみせ

2ばん

1　1ばんめ

2　9ばんめ

3　20 ばんめ

4　21 ばんめ

3ばん

1 午前 10時
2 午前 11時
3 午後 1時
4 午後 2時

4ばん

1 10人分の おべんとうを かってくる
2 10人分の おかしを かってくる
3 10人分の おかしと おちゃを かってくる
4 かんげいかいの ために へやの そうじを する

5ばん

1 こうばんの となりの となりの ビルの 3がい

2 こうばんの となりの ビルの 3がい

3 えきの となりの となりの ビルの 3がい

4 えきの となりの ビルの 5かい

6ばん

1 らいしゅうの きんようびの 午後 1時から

2 こんしゅうの きんようびの 午後 3時から

3 らいしゅうの きんようびの 12時半から

4 らいしゅうの きんようびの 午後 3時から

7ばん

1 かんこくで　アルバイトを　したいから
2 かんこくの　かていを　見たいから
3 かんこくごの　べんきょうを　したいから
4 かんこくの　だいがくに　行きたいから

もんだい3

もんだい3では、えを　見ながら　しつもんを　聞いて　ください。
➡（やじるし）の　人は　何と　言いますか。1から3の　中から、いちばん　いい　ものを　一つ　えらんで　ください。

れい

1 ばん

2 ばん

3ばん

4ばん

5ばん

Check ☐1 ☐2 ☐3

もんだい４

T2-24〜2-32

　もんだい４では、えなどが　ありません。まず　ぶんを　聞いて　ください。それから、そのへんじを　聞いて、１から３の　中から、いちばん　いい　ものを　一つ　えらんで　ください。

— メモ —

第3回

言語知識（文字・語彙）

もんだい1　＿＿の　ことばは　ひらがなで　どう　かきますか。1・2・3・4
から　いちばん　いい　ものを　ひとつ　えらんで　ください。

(例) 春に　なると　さくらが　さきます。

1　はる　　　　　2　なつ　　　　　3　あき　　　　　4　ふゆ

(かいとうようし)　| (例) | ● ② ③ ④ |

1　あなたの　字は　きれいです。

1　じ　　　　　2　もじ　　　　　3　て　　　　　4　かお

2　いろいろな　動物が　います。

1　どおぶつ　　2　どうぶつ　　3　どぶつ　　4　しょくぶつ

3　この　場所に　集まって　ください。

1　ひろば　　　2　ばしょ　　　3　ばしお　　4　ばしょう

4　わたしの　家へ　案内します。

1　しょうかい　2　しょうたい　3　あんない　4　あない

5　大学に　入ったら　文学を　べんきょうしようと　思います。

1　すうがく　　2　もじ　　　　3　ぶんがく　　4　ぶんか

6　十分に　休んでから　また、はたらきましょう。

1　じゅうぶん　2　じっぷん　　3　じゅっぷん　4　じゆうぶん

7 いえの　なかで　あかちゃんが　<u>泣いて</u>　います。

 1　だいて   2　ないて   3　かいて   4　きいて

8 母と　東<u>京見物</u>に　出かけます。

 1　けんぶつ 2　みもの   3　けんがく 4　げんぶつ

9 上の　かいに　行く　ときは　かいだんを　ご<u>利用</u>ください。

 1　りょう   2　りよ   3　りよう   4　りよお

もんだい2 ＿＿の ことばは どう かきますか。1・2・3・4から いちばん いい ものを ひとつ えらんで ください。

（例）毎日、この 道を <u>とおります</u>。

1 返ります　　2 通ります　　　3 送ります　　　4 運ります

（かいとうようし）　| （例） | ① ● ③ ④ |

---

10 かれは つよくて <u>やさしい</u> 人です。

1 優しい　　　　2 愛しい　　　　3 優しい　　　　4 憂しい

11 <u>にもつ</u>は たなの 上に のせて ください。

1 筍物　　　　　2 荷持　　　　　3 何物　　　　　4 荷物

12 うまく いくように <u>いのって</u> います。

1 祝って　　　　2 祈って　　　　3 折って　　　　4 祝って

13 <u>いっぱんの</u> 人には かんけいが ない もんだいです。

1 一航　　　　　2 一投　　　　　3 一般　　　　　4 一船

14 父は びょういんで <u>はたらいて</u> います。

1 働いて　　　　2 働らいて　　　　3 動いて　　　　4 動らいて

15 ケーキを 三つ、<u>はこ</u>に 入れて ください。

1 餝　　　　　　2 箱　　　　　　3 節　　　　　　4 籍

094　　　　　　　　　　　　　　　　　　　　　　Check □1 □2 □3

もんだい3 （　　　）に なにを いれますか。1・2・3・4から いちばん
いい ものを ひとつ えらんで ください。

(例) わからない ことばは、（　　　）を 引きます。

　　1　ほん　　　　　2　せんせい　　　　3　じしょ　　　　4　がっこう

(かいとうようし)　　① ② ● ④

16　ひるごはんを たべて、もう いちど がっこうに （　　　）。

　1　つもります　　2　もどります　　3　のぼります　　4　とおります

17　てんきよほうに よると、あした 大きな （　　　）が くるそうです。

　1　あめ　　　　　2　かじ　　　　　3　たいふう　　　　4　せんそう

18　どうぞ （　　　）なく なんでも しつもんして ください。

　1　ぞんじ　　　　2　あいさつ　　　3　えんりょ　　　　4　ようじ

19　ちかくの いえで さかなを （　　　）いい においが します。

　1　やく　　　　　2　まく　　　　　3　とる　　　　　4　さく

20　わたしの クラスは 3たい2で （　　　）しまいました。

　1　ひいて　　　　2　とめて　　　　3　かって　　　　4　まけて

21　いもうとは かぜの （　　　）きょうは がっこうを やすみました。

　1　なので　　　　2　ために　　　　3　だから　　　　4　ばかり

22　この ふとんは とても （　　　）ので きもちが いいです。

　1　まずい　　　　2　やさしい　　　3　きびしい　　　　4　やわらかい

23 手を　あげてから　自分の　（　　　）を　言って　ください。
　　1　いけん　　　　　2　てきとう　　　　3　かいわ　　　　　4　おれい

24 この　かばんは　デパートの　（　　）で　かった　ものです。
　　1　アパート　　　　2　スカート　　　　3　バーゲン　　　　　4　ストーブ

もんだい4 ___の ぶんと だいたい おなじ いみの ぶんが あります。1
・2・3・4から いちばん いい ものを ひとつ えらんで く
ださい。

(例) おとうとは 先生に ほめられました。

　　1　先生は　おとうとに　「よく　できたね」と　言いました。

　　2　先生は　おとうとに　「こまったね」と　言いました。

　　3　先生は　おとうとに　「気を　つけろ」と　言いました。

　　4　先生は　おとうとに　「もう　いいかい」と　言いました。

　(かいとうようし)　

---

25 この　いけで　あそぶのは　きけんです。

　　1　この　いけで　あそぶと　おもしろいです。

　　2　この　いけで　あそぶと　あぶないです。

　　3　この　いけで　あそぶと　たのしいです。

　　4　この　いけで　あそぶと　こわいです。

26 かぞくで　しゃしんを　うつします。

　　1　かぞくで　しゃしんを　見ます。

　　2　かぞくで　しゃしんを　かざります。

　　3　かぞくで　しゃしんを　おくります。

　　4　かぞくで　しゃしんを　とります。

27 これ、よかったら　さしあげます。

　　1　これを　いただいても　かまいません。

　　2　これが　食べて　みたいです。

　　3　これを　持って　帰っても　いいです。

　　4　あなたは　これが　好きな　ようですね。

28 わたしは えを かくのが それほど うまく ありません。

1 わたしは えを かくのが とても へたです。

2 わたしは あまり じょうずに えを かけません。

3 わたしは どうしても じょうずに えを かけません。

4 わたしは えを じょうずに かく ことが できます。

29 わたしは ねる まえに 本を よむのが しゅうかんです。

1 わたしは ねる まえに たまに 本を よみます。

2 わたしは ねる まえに 本を よむ ことは ありません。

3 わたしは ねる まえに ときどき 本を よみます。

4 わたしは まいばん ねる まえに 本を よみます。

もんだい5　つぎの　ことばの　つかいかたで　いちばん　いい　ものを　1・2
　　　　　　　・3・4から　ひとつ　えらんで　ください。

（例）こわい

　　1　へやが　くらいので、こわくて　入れません。

　　2　足が　こわくて　もう　走れません。

　　3　外は　こわくて　かぜを　ひきそうです。

　　4　この　パンは　こわくて　おいしいです。

　　（かいとうようし）　 （例）　● ②③④

30　そうだん

　1　たいじゅうが　ふえたので、とても　そうだんしました。

　2　先生に　そうだんが　ないように　して　ください。

　3　こまった　ときは　いつでも　そうだんして　ください。

　4　じぶんの　そうだんは、じぶんで　きめて　ください。

31　ていねい

　1　かのじょは　ていねいに　わらいます。

　2　かぜが　ていねいに　ふいて　います。

　3　あいさつは　ていねいに　しましょう。

　4　けさは　ていねいに　おきました。

32　ふかい

　1　ふかい　じかん　おふろに　はいります。

　2　えきまでは　ふかいので　じてんしゃで　いきます。

　3　この　たてものは　ふかいので　けしきが　よく　見えます。

　4　この　川は　ふかいので　ちゅういしましょう。

33 あまい

1 よる、ひとりで あるくのは あまいです。

2 この 花は とても あまい においが します。

3 すきな テレビを みるのは あまいです。

4 まいにちの しょくじの よういは なかなか あまいです。

34 いじょう

1 1時間いじょうに かいじょうに つく ことが できます。

2 にもつは 5キロいじょうに かるく します。

3 5こいじょう かえば やすく なります。

4 きつえんせきいじょうは あいて いません。

言語知識（文法）・読解

もんだい1 （　　　）に 何を 入れますか。1・2・3・4から いちばん
いい ものを 一つ えらんで ください。

(例) わたしは 毎日 散歩 （　　　） します。

　　1　が　　　　　　2　を　　　　　　3　や　　　　　　4　に

(解答用紙)　| (例) | ① ● ③ ④ |

---

1 友だちの ペットの ハムスターに （　　　） もらいました。

　　1　さわらせて　　　2　さわらさせて　　3　さわれて　　　4　さわって

2 「ここに ごみを 捨てる （　　　）！」

　　1　な　　　　　　2　し　　　　　　3　が　　　　　　4　を

3 彼は 病院に 行き （　　　） ない。

　　1　たがり　　　　2　たがら　　　　3　たがる　　　　4　たがれ

4 私が パソコンの 使い方に ついて ご説明 （　　　）。

　　1　ございます　　2　なさいます　　3　いたします　　4　くださいます

5 ちょっと 道を （　　　） します。

　　1　ご聞き　　　　2　お聞き　　　　3　お聞く　　　　4　ご聞く

6 この本は 面白かったので 一日で 読んで （　　　）。

　　1　いった　　　　2　いました　　　3　ませんか　　　4　しまった

7 暗く なって きたから そろそろ （　　　）。

　　1　帰った　　　　2　帰って いる　　3　帰ろう　　　　4　帰らない

8 太郎「花子さんは テニスを する ことが（　　　）。」
　　花子「はい。できますよ。」

　　1　できますか　　　2　できました　　　3　できますよ　　　4　好きですか

9 その 魚は 焼かないで （　　　） 食べられますか。

　　1　それほど　　　　2　そのまま　　　　3　それまま　　　　4　それでも

10 試合に 勝つ ためには もっと 練習（　　　）。

　　1　しては いけない　　　　　　　　2　した ことが ある

　　3　する ことが できる　　　　　　4　しなければ ならない

11 お祝いに、部長から ネクタイを （　　　）。

　　1　いただきました　　　　　　　　2　くださいました

　　3　さしあげました　　　　　　　　4　させられました

12 A「どうか しましたか。」
　　B「何か いい におい （　　　） します。」

　　1　の　　　　　　　2　を　　　　　　　3　が　　　　　　　4　に

13 なにが （　　　） 私たちは 友だちです。

　　1　あったら　　　　2　あっても　　　　3　あってから　　　4　あっては

14 （神社で）
　　鈴木「山本さんの お母さんの 病気が 早く 治る （　　　）、お祈りを
　　して 行きましょう。」
　　山本「ありがとう。」

　　1　ように　　　　　2　ままに　　　　　3　そうで　　　　　4　けれど

15 お久しぶりです。お元気 （　　　） ね。

　　1　ならば　　　　　2　すぎる　　　　　3　そうに　　　　　4　そうです

もんだい2 ___★___ に 入る ものは どれですか。1・2・3・4から いちばん いい ものを 一つ えらんで ください。

(問題例)

A「 ＿＿＿＿ ＿＿＿＿ ＿★＿ ＿＿＿＿ か。」

B「はい、だいすきです。」

1 すき 　　　 2 ケーキ 　　　 3 は 　　　 4 です

(答え方)

1. 正しい 文を 作ります。

> A「 ＿＿＿＿＿ ＿＿＿＿＿ ＿★＿＿ ＿＿＿＿か。」
>
> 　　 2 ケーキ 　 3 は 　　 1 すき 　 4 です
>
> B「はい、だいすきです。」

2. ___★___ に 入る 番号を 黒く 塗ります。

(解答用紙) 　|(例)| ● ② ③ ④ |

---

16 A「風が 強く なりましたね。」

　 B「そうですね。 ＿＿＿＿ ＿＿＿＿ ＿★＿ ＿＿＿＿ ね。」

1 くるかも 　　 2 台風が 　　 3 です 　　 4 しれない

17 学生「日本の お米は ＿＿＿＿ ＿＿＿＿ ＿★＿ ＿＿＿＿ いるのですか。」

　 先生「九州から 北海道まで、どこでも 生産して います。」

1 て 　　 2 どこ 　　 3 作られ 　　 4 で

18 A「日本語の どんな ところが むずかしいですか。」

B「外国人には ＿＿＿ ＿＿＿ ＿★＿ ＿＿＿ ので、そこが いちばん むずかしいです。」

1 言葉が　　　　2 発音　　　　　3 ある　　　　4 しにくい

19 A「あした 山に いきますか。」

B「はい、その つもりですが、＿＿＿ ＿＿＿ ＿★＿ ＿＿＿ 行きません。」

1 ふっ　　　　　2 が　　　　　　3 たら　　　　4 雨

20 A「そろそろ さくらが さきそうですね。」

B「はい。＿＿＿ ＿＿＿ ＿★＿ ＿＿＿ でしょう。」

1 もう　　　　　2 さき　　　　　3 すぐ　　　　　4 だす

もんだい3 　[21] から [25] に　何を　入れますか。文章の　意味を　考えて、
　　　　　　 1・2・3・4から　いちばん　いい　ものを　一つ　えらんで　く
　　　　　　 ださい。

下の　文章は、友だちを　しょうかいする　作文です。

　　わたしの　友だちに　吉田くん [21] 人が　います。吉田くんは　高校
の　ときから、走ることが　大好きでした。じゅぎょうが　終わると、いつ
も　一人で　学校の　まわりを　何回も　走って　いました。[22] 吉田
くんも、今は　大学生に　なりましたが、今でも　毎日　家の　近所を　走っ
て　いるそうです。
　　吉田くんは、少し　遠くの　スーパーに　行くときも、バスに [23] 、
走って　行きます。それで、わたしは　「吉田くんは　なぜ　バスに　乗ら
ないの?」と [24] 。すると　かれは、「ぼくは、バスより　早く　スー
パーに [25] 。バスは　何回も　＊バス停に　止まるけど、ぼくは　とちゅ
うで　止まらないからね。」と　言いました。

＊バス停：客が乗ったり降りたりするためにバスが止まるところ。

[21]

1　が　　　　　　 2　らしい　　　　 3　と　いう　　　 4　と　いった

[22]

1　どんな　　　　 2　あんな　　　　 3　そんな　　　　 4　どうも

[23]

1　乗らずに　　　　　　　　　　　　 2　乗っては
3　乗っても　　　　　　　　　　　　 4　乗るなら

24

1　聞_きかれ　ました　　　　　　2　聞_きく　つもりです

3　聞_きいて　あげました　　　　4　聞_きいて　みました

25

1　着_つかなければ　ならないんだ

2　着_つく　ことが　できるんだ

3　着_ついても　いいらしいんだ

4　着_つく　はずが　ないんだ

もんだい4 つぎの (1) から (4) の文章を読んで、質問に答えてください。答えは、

1・2・3・4から、いちばんいいものを一つえらんでください。

(1)

小田さんの机の上に、このメモが置いてあります。

小田さん

P工業の本田部長さんより電話がありました。
3時にお会いする約束になっているので、いま、こちらに向かっているが、
事故のために電車が止まっているので、着くのが少しおくれるということ
です。

中山

---

26 中山さんは小田さんに、どんなことを伝えようとしていますか。

1 中山さんは、今日は来られないということ
2 本田さんは、事故でけがをしたということ
3 中山さんは、予定より早く着くということ
4 本田さんは、予定よりもおそく着くということ

4 本田さんは、予定よりもおそく着くということ

107

(2)
スーパーのエスカレーターの前に、次の注意が書いてあります。

エスカレーターに乗るときの注意

◆ 黄色い線の内がわに立って乗ってください。

◆ エスカレーターの手すり*を持って乗ってください。

◆ 小さい子どもは、真ん中に乗せてください。

◆ ゴムのくつをはいている人は、とくに注意してください。

◆ 顔や手をエスカレーターの外に出して乗ると、たいへん危険です。決して、しないようにしてください。

＊手すり：エスカレーターについている、手で持つところ

27 この注意から、エスカレーターについてわかることは何ですか。

1 黄色い線より内がわに立つと、あぶないということ

2 ゴムのくつをはいて乗ってはいけないということ

3 エスカレーターから顔を出すのは、あぶないということ

4 子どもを真ん中に乗せるのは、あぶないということ

(3)
　これは、大学に行っているふみやくんにお母さん届いたメールです。

___

　　ふみや

　　　千葉のおじさんから、家に電話がありました。おじいさんの具合が
　　悪くなったので、急に入院することになったそうです。
　　おじさんはいま、病院にいます。
　　千葉市の海岸病院の８階に、なるべく早く来てほしいということです。
　　わたしもこれからすぐに病院に行きます。

　　　　　　　　　　　　　　　　　　　　　　　　　　　　　　　　　母

___

28　ふみやくんは、どうすればよいですか。
　1　すぐに、一人でおじさんの家に行きます。
　2　おじさんに電話して、二人で病院に行きます。
　3　すぐに、一人で海岸病院に行きます。
　4　お母さんに電話して、いっしょに海岸病院に行きます。

(4)

　はるかさんは、小さなコンビニでアルバイトをしています。レジでは、お金をいただいておつりをわたしたり、お客さんが買ったものをふくろに入れたりします。また、お店のそうじをしたり、品物をたなにならべることもあります。最初のうちは、レジのうちかたをまちがえたり、品物をどのようにふくろに入れたらよいかわからなかったりして、失敗したこともありました。しかし、最近は、いろいろな仕事にも慣れ、むずかしい仕事をさせられるようになってきました。

29　はるかさんの仕事ではないものはどれですか。
　1　銀行にお金を取りに行きます。
　2　お客さんの買ったものをふくろに入れます。
　3　品物を売り場にならべます。
　4　客からお金をいただいたりおつりをわたしたりします。

もんだい5 つぎの文章を読んで、質問に答えてください。答えは、1・2・3・
4から、いちばんいいものを一つえらんでください。

　僕は①字を読むことが趣味です。朝は、食事をしたあと、紅茶を飲みながら新聞
を読みますし、夜もベッドの中で本や雑誌を読むのが習慣です。中でも、僕が一番
好きなのは小説を読むことです。

　最近、②おもしろい小説を読みました。貿易会社に勤めている男の人が、自分の
家を出て会社に向かうときのことを書いた話です。その人は、僕と同じ、普通の市
民です。しかし、その人が会社に向かうまでの間に、いろいろなことが起こります。
動物園までの道を聞かれて案内したり、落ちていた指輪を拾って交番に届けたり、
男の子と会って遊んだりします。そんなことをしているうちに、夕方になってし
まいました。そこで、その人はとうとう会社に行かずに、そのまま家に帰ってき
てしまうというお話です。

　僕は「③こんな生活も楽しいだろうな」と思い、妻にこの小説のことを話しま
した。すると、彼女は「そうね。でも、④小説はやはり小説よ。ほんとうにそん
なことをしたら会社を辞めさせられてしまうわ。」と言いました。僕は、なるほど、
そうかもしれない、と思いました。

30 ①字を読むことの中で、「僕」が一番好きなのはどんなことですか。
1　新聞を読むこと
2　まんがを読むこと
3　雑誌を読むこと
4　小説を読むこと

31 ②おもしろい小説は、どんな時のことを書いた小説ですか。
1　男の人が、自分の家を出て会社に向かう間のこと
2　男の人が、ある人を動物園に案内するまでのこと
3　男の人が、出会った男の子と遊んだ時のこと
4　男の人が会社で働いている時のこと

32 ③こんな生活とは、どんな生活ですか。

1 会社で遊んでいられる生活

2 一日中外で遊んでいられる生活

3 時間や決まりを守らないでいい生活

4 夕方早く、会社から家に帰れる生活

33 ④小説はやはり小説とは、どのようなことですか。

1 まんがのようにたのしいということ

2 小説の中でしかできないということ

3 小説の中ではできないということ

4 小説は読む方がよいということ

もんだい6　つぎのページの「Melon カードの買い方」という駅の案内を見て、下
　　　　　の質問に答えてください。答えは、1・2・3・4から、いちばんい
　　　　　いものを一つえらんでください。

34　「Melon カード」は、どんなカードですか。
　1　銀行で、お金をおろすときに使うカード
　2　さいふをあけなくても、買い物ができるカード
　3　タッチするだけで、どこのバスにでも乗れるカード
　4　毎回、きっぷを買わなくても電車に乗れるカード

35　ヤンさんのお母さんが、日本に遊びにきました。町を見物するために 1,000
　　円の「Melon カード」を買おうと思います。駅にある機械で買う場合、最初
　　にどうしますか。
　1　機械にお金を 1,000 円入れる。
　2　「きっぷを買う」をえらぶ。
　3　「Melon を買う」をえらぶ。
　4　「チャージ」をえらぶ。

Melon カードの買い方

1. 「Melon カード」は、さきにお金をはらって（チャージして）おくと、毎回、電車のきっぷを買う必要がないという、便利なカードです。
2. 改札*を入るときと出るとき、かいさつ機にさわる（タッチする）だけで、きっぷを買わなくても、電車に乗ることができます。
3. 「Melon カード」は、駅にある機械か、駅の窓口*で、買うことができます。
4. はじめて機械で「Melon カード」を買うには、次のようにします。

① 「Melon を買う」をえらぶ。　⇒　② 「新しく『Melon カード』を買う」をえらぶ。

Melon を買う	チャージ
きっぷを買う	定期券を買う

「My Melon」を買う
チャージ
新しく「Melon カード」を買う

③ 何円分買うかをえらぶ。　⇒ ④ お金を入れる。

1,000 円	2,000 円
3,000 円	5,000 円

⑤ 「Melon カード」が出てくる。

＊改札：電車の乗り場に入ったり出たりするときに切符を調べるところ
＊窓口：駅や銀行などの、客の用を聞くところ

聴解

T3-1 〜 3-9

もんだい１

　　もんだい１では、まず　しつもんを　聞いて　ください。それから　話を　聞いて、もんだいようしの　１から４の　中から、いちばん　いい　ものを　一つえらんで　ください。

れい

1　月曜日
2　火曜日
3　水曜日
4　金曜日

1ばん

1 漢字
2 英語
3 地理
4 数学

2ばん

1 あした

2 あさって

3 3日後

4 いっしゅうかん後

3ばん

1　レポートを　20部　コピーし、すぐに会議室の　準備も　する

2　レポートを　20部　コピーして　名古屋に　20部　送る

3　レポートを　20部　コピーして　名古屋に　15部　送る

4　レポートを　20部　コピーして　名古屋に　5部　送る

4ばん

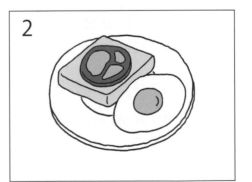

5ばん

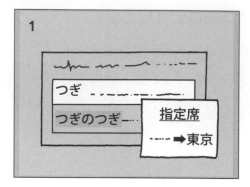

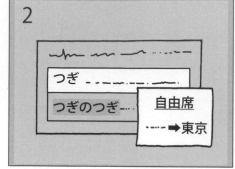

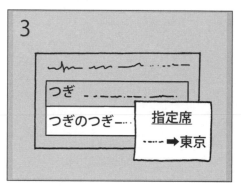

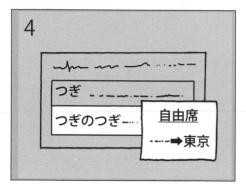

6ばん

1 予約なしで、9月10日に 店に 行く

2 予約なしで、9月20日に 店に 行く

3 予約して、10月10日に 店に 行く

4 予約して、10月20日に 店に 行く

7ばん

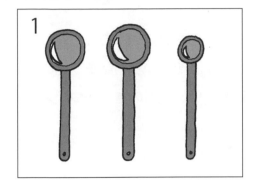

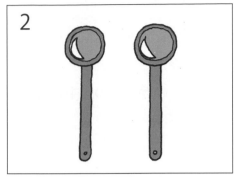

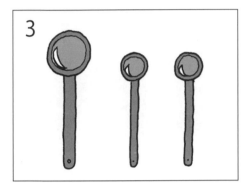

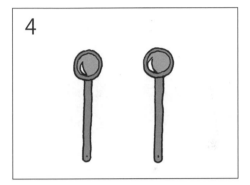

8ばん

1 ホテルの 係(かかり)の 人(ひと)に 伝(つた)える

2 ホテルに 電話(でんわ)する

3 木下(きのした)さんに 電話(でんわ)する

4 何(なに)も しない

もんだい2

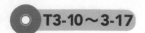

もんだい2では、まず しつもんを 聞いて ください。そのあと、もんだいようしを 見て ください。読む 時間が あります。それから 話を 聞いて、もんだいようしの 1から4の 中から、いちばん いい ものを 一つ えらんで ください。

れい

1 デジカメを 持って いないから
2 女の人の デジカメが 気に 入って いるから
3 自分の カメラは 重いから
4 自分の カメラは こわれて いるから

Check ☐1 ☐2 ☐3

1ばん

1　えき

2　みなと

3　アメリカ

4　ひこうじょう

2ばん

1　彼氏〔かれし〕

2　父〔ちち〕

3　「ぼく」

4　ともだち

3ばん

1 新聞社
　　しんぶんしゃ

2 スーパー

3 本屋
　　ほんや

4 食堂
　　しょくどう

4ばん

1 10月20日
　　がつ　か

2 11月20日
　　がつ　か

3 9月20日
　　がつ　か

4 9月2日
　　がつ　か

5ばん

1 テレビを 見^みて まつ

2 ざっしを よんで まつ

3 はみがきを して まつ

4 まんがを よんで まつ

6ばん

1 じんじゃの しゃしん

2 女^{おんな}の 人^{ひと}が おどって いる しゃしん

3 男^{おとこ}の 人^{ひと}が おどって いる しゃしん

4 たこやきの しゃしん

7ばん

1　明日の　2時から

2　あさっての　2時から

3　あさっての　9時から

4　あさっての　10時から

Check □1 □2 □3

もんだい 3

T3-18〜3-23

　もんだい3では、えを　見ながら　しつもんを　聞いて　ください。
➡（やじるし）の　人は　何と　言いますか。1から3の　中から、いちばん　いい　ものを　一つ　えらんで　ください。

れい

1ばん

2ばん

Check ☐1 ☐2 ☐3

3ばん

4ばん

5ばん

Check ☐1 ☐2 ☐3

もんだい4

　もんだい4では、えなどが　ありません。まず　ぶんを　聞いて　ください。それから、そのへんじを　聞いて、1から3の　中から、いちばん　いい　ものを一つ　えらんで　ください。

― メモ ―

●言語知識（文字 ・ 語彙）

問題 1

1	2	3	4	5	6	7	8	9
2	1	4	3	3	2	1	4	2

問題 2

10	11	12	13	14	15
2	3	2	3	4	1

問題 3

16	17	18	19	20	21	22	23	24
1	3	4	4	2	3	1	3	4

問題 4

25	26	27	28	29
2	3	1	4	3

問題 5

30	31	32	33	34
1	2	4	1	3

●言語知識（文法） ・ 読解

問題 1

1	2	3	4	5	6	7	8	9	10
4	1	2	3	1	4	4	2	3	4

11	12	13	14	15
2	1	3	2	3

問題 2

16	17	18	19	20
4	1	3	2	1

問題 3

21	22	23	24	25
2	4	2	3	3

問題 4

26	27	28	29
2	1	3	3

問題5

30	31	32	33
2	2	4	1

問題6

34	35
2	4

●聴解

問題1

例	1	2	3	4	5	6	7	8
4	2	2	1	3	1	4	1	4

問題2

例	1	2	3	4	5	6	7
3	4	4	2	1	4	3	4

問題3

例	1	2	3	4	5
1	2	2	1	3	2

問題4

例	1	2	3	4	5	6	7	8
1	2	3	2	2	1	3	1	2

第 2 回 正答表

●言語知識（文字・語彙）

問題1

1	2	3	4	5	6	7	8	9
3	2	4	1	2	2	4	1	3

問題2

10	11	12	13	14	15
4	2	3	2	2	1

問題3

16	17	18	19	20	21	22	23	24
2	1	2	4	4	1	2	2	3

問題4

25	26	27	28	29
3	2	3	1	3

問題5

30	31	32	33	34
4	3	4	3	2

●言語知識（文法）・読解

問題1

1	2	3	4	5	6	7	8	9	10
1	4	1	4	3	2	3	1	2	3

11	12	13	14	15
2	4	1	2	2

問題2

16	17	18	19	20
1	2	3	2	1

問題3

21	22	23	24	25
3	3	1	2	4

問題4

26	27	28	29
1	3	3	3

問題 5

30	31	32	33
4	1	2	3

問題 6

34	35
3	1

●聴解

問題 1

例	1	2	3	4	5	6	7	8
4	4	2	1	3	2	1	3	1

問題 2

例	1	2	3	4	5	6	7
3	1	2	3	2	1	4	3

問題 3

例	1	2	3	4	5
1	2	1	3	3	3

問題 4

例	1	2	3	4	5	6	7	8
1	2	2	1	3	1	3	2	1

第 3 回 正答表

●言語知識（文字 ・ 語彙）

問題 1

1	2	3	4	5	6	7	8	9
1	2	2	3	3	1	2	1	3

問題 2

10	11	12	13	14	15
3	4	2	3	1	2

問題 3

16	17	18	19	20	21	22	23	24
2	3	3	1	4	2	4	1	3

問題 4

25	26	27	28	29
2	4	3	2	4

問題 5

30	31	32	33	34
3	3	4	2	3

●言語知識（文法） ・ 読解

問題 1

1	2	3	4	5	6	7	8	9	10
1	1	2	3	2	4	3	1	2	4

11	12	13	14	15
1	3	2	1	4

問題 2

16	17	18	19	20
4	3	1	1	2

問題 3

21	22	23	24	25
3	3	1	4	2

問題 4

26	27	28	29
4	3	3	1

問題 5

30	31	32	33
4	1	3	2

問題 6

34	35
4	3

●聴解

問題 1

例	1	2	3	4	5	6	7	8
4	1	3	4	3	2	3	1	1

問題 2

例	1	2	3	4	5	6	7
3	4	2	1	1	4	3	4

問題 3

例	1	2	3	4	5
1	1	1	2	3	2

問題 4

例	1	2	3	4	5	6	7	8
1	3	2	3	1	2	3	1	2

聴解スクリプト

(M：男性　F：女性)

N4模擬試験　第一回

問題1

例

男の人と近所の女の人が話しています。男の人は、燃えるごみを次にいつ出しますか。

M：すみません。おととい引っ越してきたんですが、ごみの出し方を教えてください。

F：ここでは、ごみを出すのは、1週間に3回です。月曜日と水曜日と金曜日です。

M：きょうは火曜日だから、明日、燃えるごみを出すことができますね。

F：いいえ。明日は、燃えないごみを出す日です。燃えるごみは出すことができません。

M：燃えるごみを出す日は、いつですか。

F：月曜日と金曜日です。

M：ああ、そうですか。では、間違えないように出します。

男の人は、燃えるごみを次にいつ出しますか。

1番

女の人とおじいさんが話しています。おじいさんはどんな服で出かけますか。

F：おはよう。今日はいい天気ね。

M：おはよう。ほんとに春のようだね。友達に会うからもうすぐ出かけるけど、今日は冬のコートがいらないくらいだね。何を着ていこう。

F：この前の日曜日に着ていた青いシャツはどう？

M：でも、あれだけでは、少し寒いと思うよ。帰りは夕方になるし。そうだ、あのシャツの上にセーターを着ていこう。

F：ネクタイはしないの？

M：うん、昔からの友達だからね。

おじいさんはどんな服で出かけますか。

2番

男の人と女の人が話しています。女の人は、番号をどう直しますか。

M：すみませんが、5ページの番号を直していただけますか。

F：はい。5ページには4175と書いてありますが、まちがっているのですか。

M：はい。正しい番号は4715なのです。

F：えっ、4517？

M：いいえ、4715です。

F：ああ、1と7がちがうのですね。

M：はい、そうです。お願いします。

女の人は、番号をどう直しますか。

3番

女の子が家に来たお客さんと話しています。女の子は、お客さんに何を出しますか。

F：母はもうすぐ戻りますので、しばらくお待ちください。コーヒーか紅茶はいかがですか。

M：それでは、紅茶をお願いします。

F：ちょうどおいしいケーキがありますが、いっしょにいかがですか。

M：ありがとう。飲み物だけでけっこうです。

F：わかりました。暑いので、冷たいものをお持ちします。

女の子は、お客さんに何を出しますか。

4番

お母さんが電話で家にいる男の子と話しています。男の子はお父さんに何をしてあげますか。

F：翔太？お母さんだけど、お父さんはもう仕事から帰ってきた？

M：うん、15分ぐらい前に。

F：そう。翔ちゃん、お風呂の用意をしてあげてね。

M：うん、お父さん、もうお風呂に入ってるよ。

F：あ、そう。お母さんはあと30分くらいで家に帰るから、夕ご飯はちょっと待っててね。

M：わかった。あ、お父さん、もうお風呂から上がってお酒飲もうとしているよ。

F：あらあら。じゃあ、冷蔵庫におつまみがあるから、出してあげて。

男の子はお父さんに何をしてあげますか。

5番

女の人と男の人が話しています。女の人はアパートの名前をどう書きますか。

F：横田さんにはがきを出したいんだけど、住所、わかりますか。引っ越したんですよね。

M：うん。でも、前の家の近くだそうだよ。今まで2丁目に住んでいたけど、3丁目に移ったんだ。3丁目1の12だよ。

F：そうですか。アパートの名前はなんというのですか。

M：「みなみおおやまアパート」というそうだよ。「みなみ」は、ひがし・にし・みなみ・きたのみなみ。「おおやま」は、大きい山と書くんだ。

F：ああ、わかりました。こうですね。

M：それは、「みなみ」ではなくて「ひがし」でしょう。

F：あ、そうか。

M：そこの203号室ね。

女の人はアパートの名前をどう書きますか。

6番

女の人と男の人が話しています。二人は何日から何日まで旅行に行きますか。

F：旅行、いつから行くことにしますか。あなたの会社のお休みはいつから？

M：今月の18日から27日までだよ。

F：私は20日から1週間。

M：3日間くらい、どこか涼しいところに行こうよ。

F：そうしましょう。土曜日と日曜日は旅行のお金が高いからやめましょうよ。

M：そうだね。21日は土曜日だから、じゃあ、次の月曜日から水曜日までにしよう。

F：そうしましょう。

二人は何日から何日まで旅行に行きますか。

7番

食堂で女の人と係の人が話しています。女の人は何色と何色の紙を取りますか。

F：食事はしないで、飲み物だけ飲みたいのですが、いいですか。

M：はい。飲み物だけのかたは青の紙を、食事をするかたは赤の紙を取ってお待ちください。おタバコはお吸いになりますか。

F：いいえ、吸いません。

M：禁煙席は白の紙ですので、白の紙を取ってお持ちください。お呼びしますので、しばらくお待ちください。

F：この黄色の紙はなんですか。

M：それは喫煙席のためのものです。

女の人は何色と何色の紙を取りますか。

8番

駅前で、警官が女の人と話しています。女の人は、どこに駐車しますか。

M：そこには駐車できません。別な場所に駐車してください。

F：そうですか。近くに駐車場はありますか。

M：少し遠いですが、駅を出て大通りを北の方にまっすぐ行くと、左に郵便局があります。その郵便局の駐車場は、無料ですよ。

F：ああ、でも、私は、駅の南側に用事があるのです。

M：では、この大通りを南に進み、右に曲がってしばらく行くと、左にテニスコートがあります。その隣に駐車場があります。やはり、無料です。

F：わかりました。ありがとうございます。

女の人は、どこに駐車しますか。

問題2

1番

女の人と男の人が話しています。女の人は、はがきを何枚用意しますか。

F：引っ越したので、新しい住所を知らせるはがきを出そうと思うの。

M：それがいいね。何枚ぐらい必要なの？

F：友達に50枚出したいの。ほかに、仕事でお世話になっている人に40枚。

M：書くときに失敗するかもしれないから、10枚ぐらい多く用意したら？

F：そうね。そうします。

女の人は、はがきを何枚用意しますか。

2番

男の人と女の人が話しています。男の人は1週間に何時間ピアノの練習をしますか。

M：先月からピアノを習いはじめたんだ。

F：そうなの。毎日仕事で忙しいのに、いつ練習しているの？

M：毎週水曜日に30分は練習すると決めている。土曜日にも1時間、日曜日には2時間くらい練習しているよ。

F：すごい。いつか聞かせてほしいな。

M：うまくなったらぜひ聞いてもらいたいな。

F：うん、ぜひ。

男の人は1週間に何時間ピアノの練習をしますか。

3番

学校で、先生と男の学生が話しています。男の学生が書いたものが読みにくいのはどうしてですか。

F：田代くん、昨日渡した紙に必要なことを書いて持ってきてくれた？

M：はい、書いてきました。これでいいですか。

F：ああ、ちょっと読みにくいな。

M：すみません。ぼく、字が汚くて。

F：いや、それはいいんだけど、消すところを消しゴムできれいに消してないから。

M：それでは、ボールペンで書き直して持ってきましょうか。

F：そうね。そうしてくれる？

男の学生が書いたものが読みにくいのはどうしてですか。

4番

男の人が電話で女の人と話しています。男の人は、何時のバスに乗りますか。

M：今、駅前でバスを待っているところです。

F：何番乗り場で待っていますか。

M：5番乗り場です。このバスはお宅の家の近くに行くのですよね。

F：そうですが、5番乗り場のバスは30分おきにしか出ません。2番乗り場のバスに乗ってください。

２番乗り場のバスは、10分おきに出ていますから。

M：わかりました。今、12時15分ですが、あと、3分ほどしたら出るようです。

男の人は、何時のバスに乗りますか。

５番
女の人と男の人が話しています。展覧会で、絵の説明があるのは日曜日の何時からですか。

F：絵の展覧会、どうだった？

M：なかなかよかったよ。

F：そうなの。私もぜひ行きたいな。

M：日曜日は２時から、金曜日は４時から、案内の人が絵の説明をしてくれるそうだよ。

F：ああ、そう。今週は日曜日なら行けそうだけれど、人が多いかも。

M：そうそう、金曜日は夜8時までやっているらしいよ。仕事の後で行ったらどう？

F：ちょっと無理だな。やっぱり日曜日に行く。絵の説明も聞きたいし。

展覧会で、絵の説明があるのは日曜日の何時からですか。

６番
女の人がホテルに着いてからのことを説明しています。朝ご飯は何時から何時まで、どこで食べられますか。

F：今日はこのあとホテルに戻ります。夕飯は6時から9時までです。10階に大きなお風呂があります。夜の11時まで自由に入ることができます。お風呂に入って、ゆっくり休んでください。明日は9時にホテルを出て、バスで神社とお寺を回ります。朝ご飯は6時から8時半まで、2階の食堂で自由に食べてください。朝ご飯をすませて、8時55分にはホテルの1階に集まってください。

朝ご飯は何時から何時まで、どこで食べられますか。

７番
女の人と男の人が話しています。男の人は何の話をしますか。

F：山田さん、今日の講義は大勢の人の前で話をするんですよね。

M：そうなんだよ。いつもの学生たちのほかに研究室の留学生も来るから、興味をもってもらえそ

うなことを話したいんだ。

F：どんな話をするか、もう決めているの？

M：平仮名について話をしようと思ってるんだけど、どうだろう。

F：おもしろそうね。平仮名は、中国から入ってきた漢字から日本で作られたものだから、私も前から興味があったのよ。

男の人は何の話をしますか。

問題3

1番

友達の家で出されたお昼ご飯がとてもおいしかったです。何と言いますか。

F：1. いただきます。

　　2. ごちそうさまでした。

　　3. どうぞ召し上がってください。

2番

約束の時間より遅れて着きました。何と言いますか。

F：1. もうしばらくお待ちください。

　　2. お待たせして、すみませんでした。

　　3. もし遅れたら、失礼です。

3番

自分で作ったお菓子をお客様に出します。何と言いますか。

F：1. どうぞ召し上がってみてください。

　　2. おいしくないですが、食べてください。

　　3. おいしいかどうか、食べられてみてください。

4番

お店の棚の上にあるかばんを見たいと思います。何と言いますか。

F：1. あのかばんをご覧になってください。

2.　あのかばんを見せてはどうですか。

3.　あのかばんを見せていただきたいのですが。

5番
先生の家に行っていましたが、夕方になったので帰ります。先生に何と言いますか。

M：1.　ようこそ、いらっしゃいました。

2.　そろそろ、失礼いたします。

3.　どうぞよろしくお願いします。

問題4

1番
F：昨日は急に休んでどうしたのですか。

M：1.　はい、ありがとうございます。

2.　頭が痛かったのです。

3.　あまり行きたくありません。

2番
M：そろそろ出かけましょう。

F：1.　どうして行かないのですか。

2.　いいえ、まだ誰も来ません。

3.　では、急いで準備をします。

3番
F：今年はいつお花見に行く予定ですか。

M：1.　去年行きました。

2.　まだ決めていません。

3.　私は朝が一番好きです。

4番

M：あなたに会えてとてもうれしいです。

F：1. どういたしまして。
　　2. 私も同じ気持ちです。
　　3. いつになるか、まだわかりません。

5番

F：お正月は何をしていましたか。

M：1. 家で家族とテレビを見ていました。
　　2. 友人と一緒にいたいです。
　　3. 木村さんが行ったはずです。

6番

M：どうぞこの部屋をお使いください。

F：1. どうしてなのかはわかりません。
　　2. どちらでもかまいません。
　　3. ご親切にありがとうございます。

7番

F：このお菓子は食べたことがありますか。

M：1. いいえ、甘い物はあまり食べません。
　　2. はい、食べ過ぎではないと思います。
　　3. ええ、よかったら食べてみてください。

8番

F：テストのことが心配ですか。

M：1. はい。あなたのおかげです。
　　2. いいえ。一生懸命にやりましたので。
　　3. あなたも心配ですか。

問題 1

1番

駅前で、女の人と男の人が話しています。女の人は、何で美術館に行きますか。

F：すみませんが、美術館に行くには、どうしたらよいでしょうか。

M：いくつか行き方がありますよ。まず、この駅から電車に乗り、次の駅で降りてバスに乗ると美術館の前に着きます。または、この駅前から、タクシーで行くこともできますよ。

F：お金をあまり使いたくないのです。

M：じゃあ、信号のところまで歩いて、そこから美術館行きのバスに乗るといいですよ。

F：そうですか。ここから美術館まで歩くと、どのくらい時間がかかりますか。

M：30分ぐらいかかります。美術館への地図はありますよ。

F：ああ、じゃあ、地図を見ながら行きます。ありがとうございました。

女の人は、何で美術館に行きますか。

2番

会社で、男の人と女の人が話しています。二人は、どこで昼ご飯を食べますか。

M：12時だ。昼ご飯を食べに会社のそばの店に行こうよ。

F：どこの店も、今いっぱいだから時間がかかるよ。それに、午後すぐにお客さんが来るそうだから、1時には会社に戻らなければならないし。

M：そうか。じゃあ、会社の食堂で食べる？食堂だとお茶もあるよ。

F：会社の食堂も今が一番人が多いと思う。この部屋でお弁当を食べようよ。

M：そうだね。じゃあ、ぼくがお弁当とお茶を買ってくるよ。

F：お願いします。

二人は、どこで昼ご飯を食べますか。

3番

男の人と女の人が、旅行の準備をしています。男の人は、自分のかばんに何を入れますか。

M：おばさんへのおみやげは、僕のかばんに入れておくよ。

F：ああ、おみやげは紙で包んで、私のかばんに入れますので、そのままそこに置いてください。それより、地図やそこのお菓子を全部、あなたのかばんに入れてくださいね。

M：でも、お菓子を全部入れると、僕のかばんはいっぱいになってしまうよ。

F：そうね。では、お菓子はいいです。私が持っていきます。

M：わかった。じゃあ、僕のかばんには、薄い本も1冊入れられるね。

男の人は、自分のかばんに何を入れますか。

4番
女の人が店の人と話しています。女の人はどれを買いますか。

F：パソコンは、このタイプのものだけですか。

M：ここはデスクトップパソコンだけですが、他のタイプもありますよ。

F：ノートパソコンはありますか。

M：はい。ノートパソコンは、隣の棚にあります。バーゲンをしていて、特売品もたくさんありますよ。

F：特売品で日本のものもありますか。

M：はい。これがそうです。使いやすいですよ。ちょっと、使ってみてください。

F：ああ、ほんとうに使いやすいです。値段も安いですね。じゃあ、これにしよう。

女の人はどれを買いますか。

5番
大学で、女の学生と男の学生が話しています。男の学生は、このあと何をしますか。

F：午後から教室でテストの勉強をしたいな。

M：ええと、ちょっと待って。今日は図書館で、経済学についての勉強会が12時からあるよ。

F：あ、そうか。その勉強会は夕方からにできないかな。

M：大丈夫だと思う。ほかの人も夕方からのほうがいいって言っていたから。

F：よかった。じゃあ、みんなに連絡します。

M：あ、それはぼくがメールで連絡しておくよ。勉強会が始まる時間が決まったら、また君にも連絡するよ。

F：じゃあ、私は教室でテストの勉強をしています。連絡のメールをお願いね。

M：わかった。

男の学生は、このあと何をしますか。

6番

会社で、男の人と女の人が話しています。男の人は、会議のために部屋をどうしておきますか。

M：会議には7人出席するから、椅子は七つ用意しておこう。

F：ええ。でも、会議の途中で、また何人か来ると思いますよ。

M：そうか。じゃあ、テーブルは真ん中に一つ置いて、周りに椅子を九つ並べておこう。

F：並べておく椅子は七つでいいと思います。あとの二つは部屋のすみに置いておきましょう。

M：わかった。じゃあ、そうしよう。

男の人は、会議のために部屋をどうしておきますか。

7番

図書館で、男の学生と女の学生が話しています。女の学生は、CDをどうしますか。

M：野村くんを見なかった？

F：野村くん？今日は見てないけど、どうしたの？

M：このCDは野村くんに借りたものだから、返したいんだけど、僕はもう帰らなくてはならないんだ。

F：明日返したら？

M：今日、使いたいって言っていたんだ。

F：ああ、そうだ。野村くんなら、午後の授業で会うよ。

M：それなら、悪いけど、このCDを渡してもらえる？

F：いいよ。

女の学生は、CDをどうしますか。

8番

駅前で男の人と女の人が話しています。女の人はどこに自転車をとめますか。

M：そこには自転車をとめないでください。

F：ああ、すみません。では、どこにとめるといいのですか。

M：この通りをまっすぐ行くと、右に大きなスーパーが見えますね。その角を右に曲がると左側に自転車をとめる所がありますので、そこにとめてください。

F：はい、わかりました。ありがとうございます。

女の人はどこに自転車をとめますか。

問題 2

1番

男の人と女の人が話しています。二人が食事を予約したのは、何のお店ですか。

M：どこだろう。お店は確か、坂の上だと聞いたんだけどな。

F：坂の上には、ステーキのお店とハンバーグのお店だけよ。予約した天ぷらのお店はないわ。

M：ええと、坂を間違えたかもしれない。右側ではなく、左側の坂を上がっていくのかもしれない。

F：では、行ってみましょう。

M：ああ、やっぱり左側だった。お店が見えてきたよ。

二人が予約したのは、何のお店ですか。

2番

コンサート会場で、女の人と男の人が話しています。二人の席は前から何番目ですか。

F：大きな会場ですね。私たちの席はどこでしょう。

M：ええっと、前から 1 番目だね。

F：違います、これは「1」じゃなくて「I」ですよ。「A」が 1 番目です。

M：ああ、そうか。じゃあ、前から何番目だろう……。ああ、ここだね。

F：9 番目だから、1 番目より見やすそうですね。

M：うん。それに、20 と 21 だから、真ん中だ。

二人の席は前から何番目ですか。

3番

家で女の人と男の人が話しています。この家にヘルパーは何時に来ますか。

F：きょうはヘルパーの中村さんが来る日だから、中村さんが来たら私は出かけるつもりよ。

M：中村さんは、午後に来ると言っていたね。

F：そうなの。確か、1 時に来るはずよ。今日は、私、法律事務所にちょっと行ってきます。2 時から用事があるの。あなたは、そろそろ会社に行く時間でしょう。10 時から会議よね。

M：ああ、そうだね。おばあさんは、けさは元気だから安心だね。

F：ええ、朝ご飯も全部食べましたよ。

M：よかった。では、私は出かけるよ。

この家にヘルパーは何時に来ますか。

4番
事務所で女の人が男の人に話しています。男の人は、何を頼まれましたか。

F：田中さん、今日、新しく入った人の歓迎会をするから、ちょっと買い物をしてきてください。
5,000円渡すから、10人分のお菓子を買ってきてください。

M：お茶はどうしますか。

F：お茶は事務所で用意します。中山さんたちに頼むから、お茶のことは心配しなくていいですよ。

M：はい、わかりました。

男の人は、何を頼まれましたか。

5番
会社で課長が女の人と話しています。課長がこれから訪ねる事務所はどこですか。

M：鈴木さんの事務所は、どこだろう。

F：駅の大通りをまっすぐ行くと、角に交番がありますが、交番の隣の隣のビルの3階です。

M：わかった。交番の隣のビルの3階だね。

F：違いますよ。交番の隣の隣のビルですよ。間違えないでくださいね。

M：ありがとう。では、行ってくるよ。

課長がこれから訪ねる事務所はどこですか。

6番
会社で女の人と社長が話しています。会議は何曜日の何時からですか。

F：社長、来週の金曜日は、神奈川県で会議がある予定です。

M：会議は何時からでした？

F：午後3時からです。会場までは、ここから1時間半かかります。

M：ああ、そう。じゃあ、12時半に出発しよう。途中で、1時間ほど食事をしていくことにするよ。
だから、お昼の用意はいらないよ。

F：わかりました。

会議は何曜日の何時からですか。

7番

男の学生と女の学生が話しています。女の学生は、なぜ韓国に留学したいですか。

M：来年1年間留学するんだって？

F：そうなんです。

M：へえ、どこの国に？

F：韓国です。韓国の家庭においてもらって、そこから大学に通います。アルバイトもしたいと思います。

M：韓国の家庭を見てみたいの？　それとも韓国でアルバイトをしたいの？

F：いえ、韓国語を勉強したいのです。

女の学生は、なぜ韓国に留学したいですか。

問題3

1番

風邪をひいて、早く帰る人がいます。何と言いますか。

F：1. お見舞いされてください。
　　2. お大事になさってください。
　　3. お元気をもってください。

2番

長い間、会わなかった友達に会いました。何と言いますか。

F：1. お久しぶりです。
　　2. 見なかったです。
　　3. お目にしなかったです。

3番

名前だけ知っていて、初めて会う人がいます。何と言いますか。

F：1. お名前は、聞き上げております。
　　2. お名前は、お知っております。
　　3. お名前は、存じ上げております。

4番

新しく知り合いになった人を自分の家によぼうと思います。何と言いますか。

F：1. どんどん、私の家にいらっしゃりください。

　　2. かならず、私の家に来なさい。

　　3. ぜひ、私の家においでください。

5番

会場の入り口で客の名前を聞きます。何と言いますか。

M：1. 名前は何かな。

　　2. お名前は何というのか。

　　3. お名前は何とおっしゃいますか。

問題4

1番

F：あなたは、どんなパソコンを使っていますか。

M：1. 前のパソコンが使いやすかったです。

　　2. ノートパソコンです。

　　3. 友達に借りています。

2番

M：何色の糸を使いますか。

F：1. 太い糸です。

　　2. 赤です。

　　3. 絹の糸です。

3番

F：新しい先生は、どんな人ですか。

M：1. 優しそうな人です。

　　2. おっしゃるとおりです。

　　3. とても大切です。

4番

M：あなたの隣にいる人はだれですか。

F：1. 友達になりたいです。
　　2. 父にとても似ています。
　　3. 小学校からの友達です。

5番

F：塩をどのくらい足しますか。

M：1. ほんの少し足してください。
　　2. 砂糖も足してください。
　　3. ゆっくり足してください。

6番

M：その店は、いつ開くのですか。

F：1. 自由にお入りください。
　　2. 5時にしまります。
　　3. 朝の10時です。

7番

F：あなたのかばんが私にぶつかりましたよ。

M：1. ああ、そうですか。
　　2. 失礼しました。
　　3. お大事に。

8番

F：おなかのどの辺が痛いですか。

M：1. 下のほうです。
　　2. とても痛いです。
　　3. 昨日からです。

問題 1

1番

お母さんと中学生の息子が話しています。息子は、今日、何の勉強をしますか。

F：明日からテストよね。勉強しなければならないでしょ。

M：わかってるよ。今始めようとしているところだよ。

F：明日は何のテストなの。

M：英語だけど、英語はもう大丈夫なんだ。勉強したから。あさっては地理だけど、これも 1 週間前にやってしまったんだ。

F：明日は英語だけなの？

M：ううん、国語のテストもあるんだ。新しく習った漢字、全然覚えてないんだよね。

F：それじゃ、早くしなさい。

息子は、今日、何の勉強をしますか。

2番

病院で、医者と男の人が話しています。男の人は、次にいつ病院に来ますか。

F：1 週間分の薬を出します。毎日、食事の後に飲んでくださいね。

M：次は、薬がなくなってから来るといいですか。

F：いえ。薬とは関係なく、3 日後に来てください。検査をしますから。

M：そうですか。今日の薬はずっと飲むのですね。

F：そうです。必ず飲んでください。

M：わかりました。ではまた来ます。

男の人は、次にいつ病院に来ますか。

3番

事務所で女の人と男の人が話しています。男の人は、これから何をしますか。

F：中井さん、このレポートをコピーして、すぐに名古屋の事務所に送ってください。

M：はい。何部送りますか。

F：20 部コピーして、5 部だけ送ってください。

M：わかりました。

F：残りの15部は、明日の会議で使います。

M：では、会議室の準備もしておきましょうか。

F：そうですね。でも、会議は明日の午後だから、午前中に準備してくれればいいです。

男の人は、これから何をしますか。

4番

レストランで、男の人と店の人が話しています。店の人は、男の人に何を出しますか。

M：軽い食事がしたいのですが、何かありますか。

F：ご飯がいいですか。パンがいいですか。

M：朝はご飯と卵だったから、パンがいいけど、サンドイッチありますか。

F：はい。ハムサンドイッチと卵サンドイッチのどちらがいいですか。

M：ハムがいいです。スープも付けてください。

店の人は、男の人に何を出しますか。

5番

駅で、女の人と駅の人が話しています。女の人はどのようにして東京駅まで行きますか。

F：東京駅まで座って行きたいのですが、次の電車の指定席はありますか。

M：指定席は、もうありません。

F：じゃあ、自由席で行かなければならないのですね。

M：次の次の電車ならば、指定席を取ることができますよ。

F：次の次の電車は、どのくらい後になりますか。

M：1時間後です。

F：それでは間に合わないから、次の電車に乗ります。いくらですか。

女の人はどのようにして東京駅まで行きますか。

6番

客と店員が話しています。客はノートパソコンを買うためにどうしますか。

F：ノートパソコンの新しくていいのが出たと聞いたんですが。

M：ああ、でも、日本ではまだ売っていませんよ。

F：どのお店でも売っていないのですか。

M：そうです。来月の10日には、ここの店に入ってきます。今日はまだ9月の20日ですからね。

F：ああ、では、今度の10日に、この店に来れば買うことができますね。

M：必ず買うことができるかどうかわかりません。買いたい人がたくさんいますから。予約しておくと買えますよ。

F：わかりました。

客はノートパソコンを買うためにどうしますか。

7番

女の人と男の人が夕飯を作っています。男の人は、みそをどのくらい入れますか。

F：あなたは、みそ汁を作ってくださいね。

M：どうするといいの？

F：あとは、みそを入れるだけですよ。

M：スプーン、二つあるね。どっちを使うの？

F：大きい方で2杯のみそを入れてください。

M：わかった。でも、これだけではちょっと味がうすいかもしれないな。

F：じゃあ、小さい方で1杯のみそを足してください。みそを入れたら火をすぐに止めてくださいね。

M：わかった。

男の人は、みそをどのくらい入れますか。

8番

女の人と男の人が話しています。女の人は、パーティーに欠席することをどのようにして伝えますか。

F：金曜日のパーティーに、急に出席できなくなったんですが、どうするといいですか。

M：それでは、すぐに木下さんに連絡してください。

F：連絡したんですが、誰も電話に出ません。

M：それでは、ホテルに電話をしてください。食べ物を一人分減らしてもらわなければなりませんので。

F：そうですね。あ、帰りにホテルの前を通りますので、係の人に伝えておきます。

M：それがいいですね。

女の人は、パーティーに欠席することをどのようにして伝えますか。

問題2

1番

タクシーの中で運転手と客が話しています。タクシーは、どこへ向かっていますか。

M：駅の近くは、車が多いので、時間がかかりますよ。

F：大丈夫です。時間はありますから。

M：駅の向こうは、広い通りなので、飛行場までまっすぐ行くことができます。お客さんはどちらに行くんですか。

F：アメリカに行きます。

M：それは、いいですね。

タクシーは、どこへ向かっていますか。

2番

男の人と女の人が話しています。女の人にイヤリングをプレゼントしたのは、誰ですか。

M：きれいな石だね。

F：ああ、このイヤリングの石ですか。

M：彼氏からのプレゼント？

F：残念でした。父からのプレゼントなんです。大学卒業の時の贈り物なので大切にしています。父はアクセサリーを作る仕事をしているので、特別な石で作ってもらいました。

M：ああ、そうか。だから、すばらしいんだね。今度、僕も家内へのプレゼントに、頼もうかな。

F：じゃあ、話しておきます。

M：お願いするよ。

女の人にイヤリングをプレゼントしたのは誰ですか。

3番

男の学生と先生が話しています。男の学生は、どこでアルバイトをしたいですか。

M：夏休みにアルバイトをしたいと思っているのですが、何かありませんか。

F：どんな仕事がいいの。

M：できれば将来の仕事に役に立つところがいいと思っています。

F：そう。君は、将来どんな仕事をしたいの。

M：新聞社に勤めたいです。

F：新聞社でアルバイトをしたいという学生は多いから、無理かもしれない。スーパーや本屋なんか

　はどう？

M：新聞社にアルバイトがなければしかたがありません。

男の学生は、どこでアルバイトをしたいですか。

4番

女の人と男の人が話しています。木村さんの退院予定はいつですか。

F：木村さんの退院が決まったらしいよ。

M：それはよかった。長い入院だったからね。9月2日からだから、もう1か月以上だよ。

F：先週お見舞いに行ったときも、早く退院したいと言っていたよね。10月20日の予定らしいよ。

M：退院したら、お祝いにみんなで集まりたいね。

F：うん。木村さんはケーキが好きだから、ケーキでお祝いしようよ。

木村さんの退院予定はいつですか。

5番

歯医者で、男の人と受付の人が話しています。男の人は、何をして歯医者の順番を待ちますか。

M：浅井ですが、歯が痛いので、お願いします。

F：今日は予約がいっぱいなので、お待たせしますが、よろしいですか。

M：はい。待っています。そこにある漫画を読んでいてもいいですか。

F：自由にお読みください。雑誌もありますよ。

M：漫画がいいです。漫画を読んでいると、歯が痛いのを少し忘れられるかもしれませんので。

F：なるべく早くお呼びしますから、お待ちください。

男の人は、何をして歯医者の順番を待ちますか。

6番

女の人と男の人が話しています。どんな写真がありましたか。

F：この前のお祭りのときの写真を見に行きましょうよ。

M：えっ、どこにあるの？

F：神社の前に貼ってあるそうよ。私が写っている写真もあるかもしれない。

M：あ、踊っているのは僕だ。恥ずかしいな。

F：川口さんは踊りが上手だから、恥ずかしいことはないよ。こっちの、たこ焼きを食べている私の顔の方が変だよ。

どんな写真がありましたか。

7番

会社で男の人と女の人が話しています。会議が始まるのはいつですか。

M：明日の会議、2時からだったよね。

F：あれっ、確か部長が急な用事ができたので、あさってになりましたよ。

M：えっ、知らなかったよ。何時から。

F：9時だと早すぎるという人がいたから、10時からになったはずですよ。

M：そう。わかりました。

会議が始まるのはいつですか。

問題3

1番

相手が、知っているかどうかを聞きます。何と言いますか。

F：1. このことをご存じですか。

　　2. このことを知り申してますか。

　　3. このことを知りなさるですか。

2番

結婚する人に、お祝いを言います。何と言いますか。

F：1. おめでとうございます。

2. ありがとうございます。

3. しあわせでございます。

3番

社長から用事を頼まれて返事をします。何と言いますか。

F：1. やってあげます。

2. 承知しました。

3. すみませんでした。

4番

人からお菓子をもらいます。何と言いますか。

F：1. なんとかいただきます。

2. やっといただきます。

3. えんりょなくいただきます。

5番

大事なチケットを人にあげます。何と言いますか。

M：1. チケットをお渡りします。

2. チケットを差し上げます。

3. チケットを申し上げます。

1番

F：あの二人はどのような関係ですか。

M：1. なかなかかわいい人です。
　　2. 花粉症かもしれません。
　　3. 先生と生徒という関係です。

2番

M：電車はどのぐらい遅れましたか。

F：1. 30分以外遅れました。
　　2. 30分以上遅れました。
　　3. 30分以内遅れました。

3番

F：研究室は、ここから遠いですか。

M：1. 必ず遠くないです。
　　2. きっと遠くないです。
　　3. それほど遠くないです。

4番

M：夕方になったので、もう帰りましょうか。

F：1. そうですね。そろそろ失礼しましょう。
　　2. そうですね。どんどん失礼しましょう。
　　3. そうですね。いろいろ失礼しましょう。

5番

F：社長さんはいらっしゃいますか。

M：1. はい、部長がいます。
　　2. 社長は、ただ今、おりません。

3. 社長は、今は、いないよ。

6番

M：すみません。お弁当は、まだ、できあがらないのですか。

F：1. お待ちしました。今、できました。
   2. お待たせします。今、できました。
   3. お待たせしました。今、できました。

7番

F：彼は明日こそ来るんでしょうね。

M：1. きっと来るはずです。
   2. 特に来るといいです。
   3. 決して来るかもしれません。

8番

F：これから帰るけど、お父さんは今何してるの？

M：1. お風呂に入るよ。
   2. お風呂に入っているところだよ。
   3. お風呂に入ってもいいよ。

JLPT N4

かいとう　かいせつ
解答と解説

STS

1

| 解 答 | 2 |

日文解題
番＝バン／つがい・つが‐う
例・3番目　番号　番地
組＝ソ／く‐む　くみ
例・1年2組の木村です。
「組」の前に「番」があるために、読みの「くみ」が「ぐみ」になっている。
1当番　3放送

中文解說
番＝バン／つがい・つが‐う
例如：3番目（第三個）、番号（號碼）、番地（門牌號碼。）
組＝ソ／く‐む　くみ
例句：1年2組の木村です。（我是一年二班的木村。）
因為「組」前面接「番」，所以讀音從「くみ」變成「ぐみ」。
選項1当番（值班）、選項3放送（廣播）

2

| 解 答 | 1 |

日文解題
内＝ナイ／うち
例・案内　家内　国内　3日以内
例・内と外
側＝ソク／かわ
2「なか」は「中」　3外
「側」の前に「内」があるために、読みの「かわ」が「がわ」になっている。

中文解說
内＝ナイ／うち
例如：案内（嚮導）、家内（內人）、国内（國內）、3日以内（三天以內）
例如：内と外（內側和外側）
側＝ソク／かわ
選項2「なか」是「中／中」、選項3外（外）
因為「側」前面接「内」，所以讀音從「かわ」變成「がわ」。

3

| 解 答 | 4 |

日文解題
親＝シン／おや・した‐しい
例・両親
例・父親
切＝セツ／き‐る・き‐れる
例・大切
例・野菜を切る・切手

中文解說
親＝シン／おや・した‐しい

例如：両親（雙親）
例如：父親（父親）
切＝セツ／き‐る・き‐れる
例如：大切（重要）
例如：野菜を切る（切菜）、切手（郵票）

4

| 解　答 | 3 |

| 日文解題 |
運＝ウン／はこ‐ぶ
例・運動
例・荷物を運ぶ
転＝テン／ころ‐がる・ころ‐がす・ころ‐ぶ
例・自転車

| 中文解說 |
運＝ウン／はこ‐ぶ
例如：運動（運動）
例如：荷物を運ぶ（搬運行李）
転＝テン／ころ‐がる・ころ‐がす・ころ‐ぶ
例如：自転車（自行車）

5

| 解　答 | 3 |

| 日文解題 |
出＝シュツ／で‐る・だ‐す
例・出発
例・8時に家を出ます。
例・かばんから本を出します。
席＝セキ
「出」と「発」の2つの漢字で言葉を作るとき、「シュツ」は「シュッ」、「ハツ」は「パツ」に変わる。
漢字2字の言葉で、前の字の終わりの音が「チ、ツ、ン」で、後の字の初めが「カ行、サ行、タ行、ハ行」のとき、前の字の終わりの「ク、チ、ツ、ン」は「ッ（小さいツ）」に変わる。
・一（イチ）＋回（カイ）
→一回（イッ　カイ）
・発（ハツ）＋表（ヒョウ）
→発表（ハッ　ピョウ）
小さいツに変わらない例
・一（イチ）＋枚（マイ）
→一枚（イチ　マイ）
・発（ハツ）＋音（オン）
→発音（ハツ　オン）

| 中文解說 |
出＝シュツ／で‐る・だ‐す
例如：出発（出發）
例句：8時に家を出ます。（我八點時離開家門。）

例句：かばんから本を出します。（從背包裡把書拿出來。）

席－セキ

當「出」和「発」連接成兩個漢字的詞語時，「シュツ」要變成「シュッ」、「ハツ」要變成「パツ」。

當詞語為兩個漢字所組成，前面的字尾音為「チ、ツ、ン」，而後面的字開頭的音為「カ行、サ行、タ行、ハ行」時，若前字的尾音為「ク、チ、ツ、ン」，則要變成促音的「ッ」。舉例：

・一（イチ）＋回（カイ）

→一回（イッ　カイ）

・発（ハツ）＋表（ヒョウ）

→発表（ハッ　ピョウ）

・一（イチ）＋枚（マイ）

→一枚（イチ　マイ）

・発（ハツ）＋音（オン）

→発音（ハツ　オン）

6

解　答	2

日文解題　大＝ダイ・タイ／おお・おお‐きい・おお‐いに

例・大学

例・大切

例・大匙１の塩

例・大きい犬

※「大人」は特別な読み方

事＝ジ／こと

例・事故・工事

例・仕事

３大切

中文解說　大＝ダイ・タイ／おお・おお‐きい・おお‐いに

例如：大学（大學）

例如：大切（重要）

例如：大匙１の塩（一大匙的鹽）

例如：大きい犬（大隻的狗）

※「大人／おとな」是特殊念法。

事＝ジ／こと

例如：事故（事故）、工事（工程）

例如：仕事（工作）

選項３大切（重要）

7

日文解題

試＝シ／ため - す・こころ - みる

例・試験

合＝カッ・ガッ・ゴウ／あ - う・あ - わせる

例・都合が悪い・合コンに行く

例・時間に間に合う

２練習　４場合

中文解說

試＝シ／ため - す・こころ - みる

例如：試験（考試）

合＝カッ・ガッ・ゴウ／あ - う・あ - わせる

例如：都合が悪い（不方便）、合コンに行く（去聯誼）

例句：時間に間に合う（趕得上時間）

選項２練習（練習）、選項４場合（情況）

8

日文解題

一＝イチ・イツ／ひと・ひと - つ

例・一日　一時　一月一日

例・一月

※「一日」を「いちにち」と読むとき、「朝から夜まで」という時間の幅を意味する。

※「一月」を「ひとつき」と読むとき、「一か月」と同じ意味で、期間を表す。

※「一日」「一人」は特別な読み方。

杯＝ハイ／さかずき

中文解說

一＝イチ・イツ／ひと・ひと - つ

例如：一日（一日）、一時（一時）、一月一日（一月一日）

例如：一月（一月）

※「一日／一天」念作「いちにち」時，表示「朝から夜まで／從一天的早上到晚上」的時間概念。

「一月／一個月」念作「ひとつき」時，意思和「一か月／一個月」相同，表示期間。

※「一日／いちにち」、「一人／ひとり」是特殊念法。

杯＝ハイ／さかずき

9

日文解題

景＝ケイ

「景色」は特別な読み方

色＝シキ・ショク／いろ

例・２４色の色鉛筆

例・茶色

杯＝ハイ／さかずき

| 中文解說 | 景＝ケイ |

景＝ケイ
「景色／けしき」是特殊念法。
色＝シキ・ショク／いろ
例如：２４色の色鉛筆（二十四色的色鉛筆）
例如：茶色（茶色）
杯＝ハイ／さかずき

第1回　言語知識（文字・語彙）　問題2　　P22

10

| 解　答 | 2 |

| 日文解題 | 軽＝ケイ／かる‐い |

軽い　⇔　重い

| 中文解說 | 軽＝ケイ／かる‐い |

軽い（輕）　⇔　重い（重）

11

| 解　答 | 3 |

| 日文解題 | 失＝シツ／うしな‐う |

敗＝ハイ
「シツ」と「ハイ」で「シッパイ」と読みが変わるので気をつけよう。

| 中文解說 | 失＝シツ／うしな‐う |

敗＝ハイ
「シツ」和「ハイ」合在一起時，讀音會變成「シッパイ」，請特別注意。

12

| 解　答 | 2 |

| 日文解題 | 落＝ラク／お‐ちる・お‐とす |

例・階段から落ちた。

| 中文解說 | 落＝ラク／お‐ちる・お‐とす |

例句：階段から落ちた。（從樓梯上摔下來了。）

13

| 解　答 | 3 |

| 日文解題 | 投＝トウ／な‐げる |

１捨（シャ／捨‐てる）　４打（ダ／う‐つ）

| 中文解說 | 投＝トウ／な‐げる |

選項１捨（シャ／捨‐てる）、選項４打（ダ／う‐つ）

14

解　答	4
日文解題	少＝ショウ／すく‐ない・すこ‐し 「少」の送り仮名は「ない」と「し」。 例・もう少しゆっくり話してください。 小（ショウ／ちい‐さい・こ）
中文解說	少＝ショウ／すく‐ない・すこ‐し 「少」的送假名是「ない」和「し」。 例句：もう少しゆっくり話してください。（請再說慢一點。） 小（ショウ／ちい‐さい・こ）

15

解　答	1
日文解題	葉＝ヨウ／は ２芽（ガ／め）　例・木の芽が出た。 ３菜（サイ／な）　例・野菜を食べる。 ４苗（ビョウ／なえ）
中文解說	葉＝ヨウ／は 選項２芽（ガ／め）。例句：木の芽が出た。（樹芽長出來了。） 選項３菜（サイ／な）。例句：野菜を食べる。（吃蔬菜。） 選項４苗（ビョウ／なえ）

第1回 <small>だい　かい</small>	言語知識（文字・語彙） <small>げん ご ち しき　も じ　ご い</small>	問題3 <small>もんだい</small>	P23

16

解　答	1
日文解題	歓迎 ２関係　３残念　４計画 「歓迎」は人を喜んで迎えること。 例・A：今度お宅に遊びに行ってもいいですか。 B：もちろん。大歓迎ですよ。
中文解說	歓迎（歡迎） 選項２関係（關係）、選項３残念（可惜）、選項４計画（計畫） 「歓迎」是指為某人的到來而開心的迎接他。 例句： A：今度お宅に遊びに行ってもいいですか。（下次可以去府上叨擾嗎？） B：もちろん。大歓迎ですよ。（當然，非常歡迎你來！）

17

解　答	3

日文解題　熱が出たときに行くのは病院。
1 神社　2 交番　4 空港

中文解説　發燒時該去的地方是醫院。
選項1神社（神社）、選項2交番（派出所）、選項4空港（機場）

18

解　答	4

日文解題　「AはBです」という文で、Bは「映画を見ること」。Aに入るのは「趣味」。
「私のお父さんの」は「趣味」を修飾している。
1 家族　2 住所　3 会社

中文解説　這題考的是「AはBです／A是B」的句型，B是「映画を見ること／看電影」。
「私のお父さんの／我爸爸的」用於修飾「趣味／興趣」。
選項1家族（家人）、選項2住所（住處）、選項3会社（公司）

19

解　答	4

日文解題　水を熱くしてお湯にすることを「お湯を沸かす」という。「沸かす」は他動詞。
例・毎晩お風呂を沸かします。
1 （料理を）作りました。
2 （お湯が）沸きました。
「沸く」は自動詞
3 （財布を）落としました。

中文解説　把水加熱成熱水稱為「お湯を沸かす／燒水」。「沸かす／燒」是他動詞。
例句：毎晩お風呂を沸かします。（每天晚上都燒水泡澡。／每天晚上都放熱水泡澡。）
選項1（料理を）作りました。／做（料理）。
選項2（お湯が）沸きました。／（熱水）沸騰了。
「沸く／沸騰」是自動詞。
選項3（財布を）落としました。／弄丟（錢包）了。

20

解　答	2

日文解題　「おなかが」に続くのは「空く」。
1 （席が）空く。
例・アパートの2階の部屋が空いています。
3 （子供が）泣く。（小鳥が）鳴く。
4 （仕事が）済む。
例・宿題が済んだら寝ます。

中文解説　「おなかが／肚子」後面接的應是「空く／餓」。
選項1（席が）空く。／騰出空（位）

例句：アパートの２階の部屋が空いています。（公寓二樓的房間空著）
選項３（子供が）泣く／（孩子）在哭泣、（小鳥が）鳴く／（小鳥）在啼叫
選項４（仕事が）済む／（工作）結束了
例句：宿題が済んだら寝ます。（作業寫完後就去睡覺。）

21

解　答　3

日文解題　お金を払うとき使うのは「カード」。
例・この店でカードは使えますか。
１誕生日にケーキを買って食べました。
２寒いとき、暖かいコートを着ます。
４母はスーパーで週３日、パートをしています。

中文解說　付款時要使用的是「カード／（信用）卡」。
例句：この店でカードは使えますか。（這家店可以用信用卡付款嗎？）
選項１誕生日にケーキを買って食べました。（生日當天買蛋糕來吃了。）
選項２寒いとき、暖かいコートを着ます。（寒冷的時候，我會穿保暖的大衣。）
選項４母はスーパーで週３日、パートをしています。（媽媽每週有三天在量販店兼差。）

22

解　答　1

日文解題　「人に（　　　）をかける」という言い方をするのは「心配」。「私は両親に心配をかけたくない」という文で、主語の「私」が省略されている。
例・ご心配をおかけして、すみません。
２危険ですから、ここに入らないでください。
３大学で、経済を勉強しています。
４困ったときは私に相談してください。
宿題は友達と相談してもいいです。

中文解說　「人に（　　　）をかける」這種說法要填入的是「心配／擔心」。原本的句子是「私は両親に心配をかけたくない／我不想讓父母擔心」，省略了主詞的「私／我」。
例句：ご心配をおかけして、すみません。（讓您擔心了，非常抱歉。）
選項２危険ですから、ここに入らないでください。（這裡很危險，請不要進入。）
選項３大学で、経済を勉強しています。（在大學學習經濟。）
選項４困ったときは私に相談してください。（有煩惱的時候請找我商量。）
宿題は友達と相談してもいいです。（可以和朋友討論作業。）

23

解　答　3

日文解題　「降らない（そうです）」という否定形を後にとることができるのは「ほとんど」。
例・昨夜はほとんど寝ていない。
例・テストはほとんど分からなかった。

「ほとんど」は、大部分という意味の副詞。

例・テストはほとんど分かった。

1「どうして」は疑問詞。文末は疑問形。

例・どうしてこの仕事を選びましたか。

2「やっと」は肯定形を伴う。

一時間遅れて、彼はやっと来た。

たくさん調べて、やっと分かった。

4「そろそろ」は、その時間が近いことを表す。後に否定形をとらない。

暗くなってきたね。そろそろ帰ろう。

※「沖縄」は、日本の最南端の県。

中文解説　後面可以接「降らない（そうです）」這種否定形的詞語是「ほとんど／幾乎、大部分」。

例句：昨夜はほとんど寝ていない。（昨天晚上幾乎沒睡。）

例句：テストはほとんど分からなかった。（考試題目幾乎全都不會。）

「ほとんど／幾乎、大部分」是副詞，意思是"大部分"

例句：テストはほとんど分かった。（考試題目大部分都會寫。）

選項1「どうして／為什麼」是疑問詞，所以句尾應為疑問形。

例句：どうしてこの仕事を選びましたか。（為什麼你選擇了這份工作呢？）

選項2「やっと／終於」用於肯定句。

例句：一時間遅れて、彼はやっと来た（晚了一個小時，他終於來了。）

例句：たくさん調べて、やっと分かった（查了大量的資料，終於弄懂了。）

選項4「そろそろ／快要」表示差不多到了某個時間。後面不能接否定形。

例句：暗くなってきたね。そろそろ帰ろう。（天色暗下來了呢，差不多該回去了。）

※「沖縄／沖繩」是位於日本最南端的縣。

24

解 答　4

日文解題　「辺り」が「真っ暗になる」のは「日が暮れる」とき。夜になることを「日が暮れる」という。

1（料理が）残る

2（時計が）止まる　（バスが）停まる　（ホテルに）泊まる

3（山を）下りる　（電車を）降りる

中文解説　「辺り／附近」「真っ暗になる／變得漆黑一片」是「日が暮れる／日落」時的事情。從白天變為晚上的時間稱作「日が暮れる／日落」。

選項1（料理が）残る／（料理）剩下來了

選項2（時計が）止まる／（時鐘）停止了、（バスが）停まる／（巴士）停下了。（ホテルに）泊まる／（在旅館）過夜

選項3（山を）下りる／下（山）、（電車を）降りる／下（電車）

25

解　答	2

日文解題　「水泳」は「泳ぐこと」。

例・水泳を習っています。

例・私の趣味は水泳です。

中文解說　「水泳／游泳」是「泳ぐこと／游泳」。

例句：水泳を習っています。（我在學游泳。）

例句：私の趣味は水泳です。（我的興趣是游泳。）

26

解　答	3

日文解題　「予習」は、次に勉強するところを、その前に自分で勉強して準備しておくこと。

予習　⇔　復習

1宿題　2質問　4復習

中文解說　「予習／預習」是指"下一次要教的地方，自己先學習一次做好準備"。

予習（預習）　⇔　復習（複習）

選項1宿題（作業）、選項2質問（提問）、選項4復習（複習）

27

解　答	1

日文解題　「お留守」は「留守」に丁寧の「お」がついたことば。「留守ですか」は「（今いますか、それとも）出かけていますか」と同じ。

「出かけること」を会話で丁寧に「お出かけ（する）」という。選択肢4の「お暇」も「暇なこと」を「お暇（です）」という。

中文解說　「お留守」是在「留守／看家、不在家」前加上表示鄭重的「お」。「留守ですか／不在家嗎？」的意思和「（今いますか、それとも）出かけていますか／（現在在家嗎？還是）不在家？」相同。

對話中說「出かけること／出門」時，若要表示鄭重，則說「お出かけ（する）／出門」。選項4的「お暇／空閒」和「暇なこと／空閒」的鄭重說法都是「お暇（です）／空閒」。

28

解　答	4

日文解題　「6歳以下」は、6歳を入れて、それより小さい歳を指す。「6歳以下ではない」のは「7歳以上」の人ということになる。

選択肢3の「7歳までの子ども」は「7歳以下」と同じ。

中文解說　「6歳以下／六歳以下」指包含六歳，以及小於六歳。「6歳以下ではない／不

173

是六歲以下」指的就是「７歳以上／七歲以上」的人。

選項 3 的「７歳までの子ども／不到七歲的孩子」和「７歳以下／七歲以下」意思相同。

29

解 答　3

日文解題

「たずねられました」は「たずねました」の受身形。道をたずねたのは外国人。この文の主語を外国人に変えると「外国人は私に…たずねました」となる。「たずねる」と「聞く」は同じ意味なので、3 が正解。

※「たずねる」は、「訪ねる」と「尋ねる」の二つがあるが、「道を」とあることから「質問する」という意味の「尋ねる」だと分かる。

■受身形か尊敬形か

「尋ねる」はⅡグループ（下一段活用）の動詞なので、可能形、受身形、尊敬形が全て同じ「尋ねられる」という形になる。問題文は主語が「私」なので、尊敬形でないことが判断できる（自分に尊敬表現は使わない）が、可能形か尊敬形かは、文の意味から判断するしかない。

Ⅰグループ（五段活用）の動詞も、受身形と尊敬形が同じだが、これも文の意味から判断するしかない。

中文解說

「たずねられました／被詢問了」是「たずねました／詢問了」的被動形。問路的是外國人。

這個句子的主詞如果變成外國人，句子則變為「外国人は私に…たずねました／外國人向我詢問了…」。「たずねる／詢問」和「聞く／問」意思相同，因此選項 3 是正確答案。

※「たずねる／拜訪、詢問」包含「訪ねる／拜訪」和「尋ねる／詢問」兩種意思，但從前面的「道を／路」可以得知應選含有「質問する／提問」意思的「尋ねる／詢問」。

■是被動形還是尊敬形？

因為「尋ねる」是下一段活用動詞中的動詞，所以可能形、被動形、尊敬形全都寫成相同的「尋ねられる」。題目句的主詞是「私」，因此可以判斷並非尊敬形（尊敬語不會用在自己身上），不過，是可能形還是被動形，就只能由上下文意來判斷了。

五段活用動詞中的動詞被動形和尊敬形相同，因此必須由上下文意來判斷。

30

| 解　答 | 1 |

日文解題　映画の「終わり」は、終わるところ。最後のこと。終わり↔初め
例・手紙の初めに「拝啓」、終わりに「敬具」と書きます。
２お皿の隅　お皿の端
３教室の後ろの席
４くつ下の先（くつ下の先は指の部分）

中文解説　電影的「終わり／劇終」是指結尾，也就是最後。終わり（結尾）↔初め（開頭）
例句：手紙の初めに「拝啓」、終わりに「敬具」と書きます。（信的開頭要寫「敬啟」，最後則寫「敬上」。）
其他選項應為：
選項２お皿の隅（盤子的角落）、お皿の端（盤子的邊緣）
選項３教室の後ろの席（教室後面的座位）
選項４くつ下の先（襪子的前端）

31

| 解　答 | 2 |

日文解題　「最近」は、近い過去のことをいう。
例・最近、どんな映画を見ましたか。
例・最近の子供はあまり本を読まないようだ。
１距離が近いとき「最短」という。
３「最近に」という言い方はしない。
４「最近」は過去のことなので、「やります」という文末はおかしい。「最後まで」が適当。「力いっぱい」は一生懸命という意味。

中文解説　「最近／最近」是指過了沒多久。
例句：最近、どんな映画を見ましたか。（你最近看了什麼電影？）
例句：最近の子供はあまり本を読まないようだ。（最近的小孩子好像不怎麼看書。）
其他選項應為：
選項１説明距離短的時候應該用「最短／最短」。
選項３沒有「最近に」這種說法。
選項４「最近」是指過去的事情，因此句尾接「やります／要做」不合邏輯，應填入「最後まで／直到最後」。「力いっぱい／竭盡全力」是拼命努力的意思。

32

| 解　答 | 4 |

日文解題　厳しい人↔優しい人

問題文は父の性格を説明する文。

例・私は両親から厳しく育てられた。

例・山本先生は、遅刻に厳しいです。

1 眩しい（光が強過ぎて、物が見えにくい様子）

2 寂しい

3 難しい

中文解説　厳しい人（嚴厲的人）↔優しい人（溫柔的人）

題目句說明了爸爸的性格。

例句：私は両親から厳しく育てられた。（我的父母對我實施嚴厲的教育。）

例句：山本先生は、遅刻に厳しいです。（山本老師嚴格要求不准遲到。）

其他選項應為：

選項1 眩しい（耀眼）

選項2 寂しい（寂寞）

選項3 難しい（困難）

33

| 解　答 | 1 |

日文解題　「運ぶ」は、手に持って、または車などで、物を動かすこと。

例・この箱は、会議室に運んでください。

2 頭を使う　頭を働かせる

3 言葉を選ぶ

4 指を動かす

中文解説　「運ぶ／搬運」是指用手拿，或用車子等交通工具運送，使物體移動。

例句：この箱は、会議室に運んでください。（請把這個箱子搬到會議室。）

其他選項應為：

選項2 頭を使う（動腦筋）、頭を働かせる（運用腦力）

選項3 言葉を選ぶ（選擇詞彙）

選項4 指を動かす（動手指）

解 答	3

日文解題　「理由」は、「どうして」「なぜ」の答えになるもの。３の文は「どうして遅れたのですか」と同じ。

例・あなたが、彼の意見に反対する理由は何ですか。

例・Ａ：どうしていつも黒い服を着ているんですか。

Ｂ：特に理由はないんです。

中文解說　「理由／緣故」用於回答「どうして／為什麼」、「なぜ／為何」。選項３的句子和「どうして遅れたのですか／你為什麼遲到？」意思相同。

例句：あなたが、彼の意見に反対する理由は何ですか。（你反對他的意見的原因是什麼？）

例句：

Ａ：どうしていつも黒い服を着ているんですか。（為什麼你總是穿黑色的衣服呢？）

Ｂ：特に理由はないんです。（沒有什麼特別的理由。）

文法

1 2 3 CHECK ● 1 ● 2 ● 3

1

解答 4

日文解題
「〜てはいけません」の普通体、口語形は「〜ちゃだめ（だ）」。「飲む」のて形は「飲んで」なので、「〜ではいけません」は「〜じゃだめ（だ）」となる。例：

・授業中に寝ちゃだめじゃないか。

・病院で騒いじゃダメだよ。

・早く行かなくちゃ。←「行かなくては（いけません）」の口語形。

中文解説
「〜てはいけません／不准…」的普通體，口語形式是「〜ちゃだめ（だ）」。由於「飲む／喝」的て形是「飲んで」，所以「〜ではいけません」便縮約為「〜じゃだめ（だ）」。例如：

・我說過了上課不准睡覺！

・不准在醫院裡大聲喧嘩。

・必須早點走了。←「行かなくては（いけません）／不早點走（不行）」的口語說法。

2

解答 1

日文解題
並列の「〜し」が正解。「Aです。そしてBです」を「A（だ）し、B」のように1つの文にするときに使う。例：

・あの店はおいしいし、安い。

問題文のような「（名詞）も〜し、（名詞）も」は、同じようなものを並べるときの言い方。例：

・お金もないし、おなかもすいた。

3「も」や4「や」は、名詞につく。例：

・おすしもケーキも食べた。（いろいろたくさん食べた、と言いたいとき。）

・→問題文とだいたい同じ意味。例：

・おすしやケーキを食べた。（何を食べたか説明したいとき。）

中文解説
以表示並列的「〜し／又…又…」為正確答案。要將如「Aです。そしてBです／是A。而且是B」兩個句子，結合成一個句子時，要用「A（だ）し、B／又A又B」的形式。例如：

・那家店不但餐點美味，價格也便宜。

題目中的「（名詞）も〜し、（名詞）も／（名詞）又〜，（名詞）又〜」句型，用於並列相同性質的事物時。例如：

・不但沒錢，而且肚子也餓了。

選項3：「も／也」，以及選項4的「や／或」都要連接名詞。例如：

・不僅吃了壽司，還吃了蛋糕。（用在表示吃了許多之時。）

→和題目意思幾乎相同。例如：

・吃了壽司和蛋糕等。（用在說明吃了些什麼之時。）

3

解　答 2

日文解題　「どんな（名詞）でも A」で、「全部の（名詞）が A である」ことをいう。
例：
・彼女は、どんな時でも笑っている。
・どんな客でも 大切な客だ。
※「疑問詞＋でも」で、「全部の」という意味を表す。例：
・希望者は誰でも入会できます。
・ドラえもんの「どこでもドア」を知っていますか。

中文解説　「どんな（名詞）でも A ／無論什麼（名詞）都 A」表示「全部の（名詞）が A である／全部的（名詞）都是 A」的意思。例如：
・她無論任何時候總是笑臉迎人。
・無論是什麼樣的客人都是我們重要的顧客。
※「疑問詞＋でも／無論」表示「全部的～」的意思。例如：
・志願參加的人，不管是誰都可以入會。
・你知道多啦 A 夢的「任意門」嗎？

4

解　答 3

日文解題　「される」は「する」の尊敬形。
1「静かにしましょう」と、今、注意しているので、校長先生の 挨 拶は今からすると分かる。「した」という過去形は不適切。
2「しよう」と 4「すれば」は、（　）の後の「ので」には繋がらない。

中文解説　「される／您做」是「する／做」的尊敬形。
選項1：從「静かにしましょう／保持安靜」知道要求學生注意的時間點是在"現在"，由此可知校長的演講現在才正要開始。但「した／做了」為過去式所以不正確。
選項2、4：選項2「しよう／做吧」跟選項4「すれば／做的話」的後面都不能接「ので／所以」。

5

解　答 1

日文解題　Bが「ありがとうございます」と言っていることから、A の言葉の 内 容を考えよう。「（動詞て形）ておきます」は準備を表す。例：
・授業の前に、新しいことばを調べておきます。
・飲み物は冷蔵庫に入れておきました。

中文解説　從 B 的回答「ありがとうございます／謝謝」，來思考 A 所說的內容。「（動詞て形）ておきます／（事先）做好」表示事先做準備。例如：
・在上課之前先查好新的生字。
・飲料已經放進冰箱裡了。

6

| 解 答 | 4 |

日文解題 「趣味は」に続くのは「趣味は（名詞）です」、または「趣味は（動詞辞書形）ことです」。例：

・私の趣味はスキーです。

・私の趣味は走ることです。

中文解說 「趣味は／興趣是」之後應該是「趣味は（名詞）です／興趣是（名詞）」，或是「趣味は（動詞辭書形）ことです／興趣是（動詞辭書形）」。例如：

・我的興趣是滑雪。

・我的興趣是跑步。

7

| 解 答 | 4 |

日文解題 「彼女から」の前の、主語「私は」が省略されている。プレゼントは「彼女から私へ」と移動している。私はプレゼントをもらったと分かる。

中文解說 「彼女から／從她那裡」前面省略了主語「私は／我」。而禮物則是以「彼女から私へ／從她到我」的方向移動。由此可知是我收到了禮物。

8

| 解 答 | 2 |

日文解題 （　）の前後の文の関係を考える。「疲れている」と「休んだほうがいいよ」は順接（A だから B という関係）だと分かる。

選択肢 1「けど」と 3「のに」は逆接を表すので不適切。4「まで」は範囲や目的地などを表すので不適切。

「A なら、B」の形で、A で相手の状況を述べ、B でそれに対する意見や意志をいう。例：

・寒いなら、暖房をつけますよ。

・分からないなら、もう一度言いましょうか。

中文解說 先考慮（　）前後句的關係。可以得知「疲れている／累了」跟「休んだほうがいいよ／休息一下比較好哦」兩句是順接關係（因為 A 所以 B）。

選項 1 的「けど／雖然」跟選項 3 的「のに／明明」都是逆接用法，所以不是正確答案。選項 4 的「まで／直到…」是表示範圍或目的地，所以也不是正確答案。

「A なら、B／如果 A 的話 B」的句型，用 A 敘述對方的情況，B 則針對此一情況提出看法或意見。例如：

・如果冷的話你就開暖氣吧！

・如果不懂的話，我就再說一次吧。

9

解　答　3

日文解題　「おじに」の前の、主語「私は」が省略されている。授受表現で「私」を主語にとるのは、「あげます」か「もらいます」。

選択肢3「さしあげました」は「あげました」の謙譲語。

1「あげさせます」は「あげます」の使役形と考えられるが、文章としておかしい。

2「くださいます」は「くれます」の尊敬語。「くれます」の主語は「私」ではなく他者。例：先生は私に本をくださいました。

4「ございます」は「あります」や「です」の丁寧な言い方。

※「おじ」は漢字で「伯父」か「叔父」。

※「彼女からプレゼントをもらいました」の「から」は「AからBへ」で、物の動きが「彼女→私」であることが分かる。したがって、「彼女からプレゼントを」の後には必ず「もらう」が続く。これに対して、「おじに」の「に」は、「AはBにもらう」も「AはBにあげる」もどちらも言えるので、物の動きはどちらか分からない。

中文解説　「おじに／給叔叔」前面省略了主語「私は／我」。在授受表現中以「私」為主語的有「あげます／給」或「もらいます／接受」。

選項3的「さしあげました／獻給了」是「あげました」的謙譲語。

選項1：「あげさせます／讓…給」可以假設是「あげます／給」的使役形，但不成文章，無此用法。

選項2：「くださいます／給」是「くれます／給」的敬語説法。「くれます」的主語不是「私／我」而是他人。例如：老師給了我書。

選項4：「ございます／有，是」是「あります／有」或「です／是」的鄭重説法。

※「おじ」的漢字是「伯父」或「叔父」。

※「彼女からプレゼントをもらいました／從她那裡收到了禮物」中的「から／從」是「AからBへ／從A到B」的用法，由此可知東西是以「她→我」的方向移動。因此，「彼女からプレゼントを」的後面一定是接「もらう／收到」。對此，「おじに／給叔叔」的「に」可能是「AはBにもらう／A從B處得到」也可能是「AはBにあげる／A送給B」，兩者皆無法確定東西的移動方向。

解　答　4

日文解題　後半の「足が痛くなりました」から前半の意味を考える。「（動詞ます形）過ぎる」で、程度がちょうどいい線を超えていてよくない、ということを表す。

例：

・お酒を飲み過ぎて、頭が痛いです。

・この問題は中学生には難し過ぎる。

1「歩き」（動詞ます形）に「させる」（動詞「する」の使役形）はつかない。※「歩く」の使役受身形「歩かされて」なら適切。

2「（動詞ます形）やすい」で、その行為が簡単であることを表す。意味から考えて不適切。例：

・この靴は軽くて、歩きやすい。

3「（動詞ます形）出す」で、その行為を始めることを表す。例：

・犬を見て、子供は泣き出した。

歩き始めて足が痛くなることは考えられるが、いちばんいいものは4の「歩き過ぎて」。

中文解説 本題要從後半段的「腳開始痛」去推測前句的意思。「（動詞ます形）過ぎる／太…」表示程度正好超過一般水平，達到負面的狀態。例如：

・由於喝酒過量，而頭痛。

・這道題對國中生而言實在太難了。

選項1：「歩き／走」（動詞ます形）後面不接「させる／讓…」（動詞「する／做」的使役形）。

※如果是用「歩く」的使役被動形「歩かされて／被迫走」則正確。

選項2：「（動詞ます形）やすい／容易」表示某個行為、動作很容易做。從意思判斷不正確。例如：

・這雙鞋很輕，走起來健步如飛。

選項3：「（動詞ます形）出す／起來」表示開始某個行為。例如：

・小孩一看到狗就哭了起來。

雖然走不到幾步路雙腳便感到疼痛的可能性是有的，但最合適的還是選項4的「歩き過ぎて／走太久」。

11

解　答 2

日文解題 太郎が「はい、…一度あります」と答えている。「（動詞た形）ことがあります」で、過去の経験を表す。例：

・私はインドへ行ったことがあります。

1主語「太郎君は」と述語「～ときですか」は繋がらない。

3「（動詞辞書形）ことができます」は、能力や可能性を表す。例：

・彼女はスペイン語を話すことができます。

・お酒は二十歳から飲むことができます。

4「（動詞辞書形）ことにします」は、自分の意志で行動を決める様子を表す。例：

・子供が生まれたので、たばこはやめることにしました。

中文解説 太郎回答「はい、…一度あります／去過。去過…一次」，「（動詞た形）ことがあります／曾經…過」表示過去的經驗。例如：

・我曾經去過印度。

選項1：主語「太郎君は／太郎同學」的後面不能接述語「～ときですか／的時候嗎」。

選項3：「（動詞辭書形）ことができます／可以…」表示能力或可能性。例如：

・她會說西班牙話。

・年滿20歲才能喝酒。

選項4：「（動詞辭書形）ことにします／決定」表示靠自己的意志決定進行某動作。例如：

・孩子生了，所以決定把菸戒了。

解　答　1

日文解題
「（動詞ます形）にくい」で、そうするのが難しいことをいう。例：
・この薬は苦くて飲みにくいです。
2　〜やすい⇔〜にくい
3「（動詞ます形）たい＋がる」で、他者が何かをすることを求めていることを表す。例：
・妹は、甘い物なら何でも食べたがる。
4　（動詞ます形）に「わるい」をつける言い方はない。

中文解說
「（動詞ます形）にくい／不容易…」表示那麼做很困難。例如：
・這種藥很苦，難以吞嚥。
選項2：容易〜⇔難以〜
選項3：「（動詞ます形）たい＋がる／想」表示他人有想做某事的傾向。例如：
・只要是甜食，妹妹都愛吃。
選項4：並無（動詞ます形）接「わるい／差」的用法。

13

解　答　3

日文解題
「使役動詞て形＋ください」は、丁寧に頼むときの言い方。「ぼくに言わせてください」で、言うのは「ぼく」。
相手に自分の行動を認めてもらう、という考え方から、この言い方には「あなたはわたしに」また「あなたはわたしを」という関係がある。例：
・明日、休ませてください。
・パスポートを見せてください。
「どうか」は何かを頼んだり、祈ったりするときの言葉。例：
・どうか優勝できますように。

中文解說
「使役動詞て形＋ください／請容許…」是鄭重請求時的說法。「ぼくに言わせてください／請容許我說」中說的人是「ぼく／我」。
考慮到要讓對方認可自己的行動，這一用法有「あなたはわたしに／你讓我…」或是「あなたはわたしを／你讓我…」的關係。例如：
・請允許我明天請假。
・請讓我看你的護照。
而「どうか／懇請…」一詞用於請求或祈求某事的時候。例如：
・請保佑我們獲得勝利。

解　答　2

日文解題
「来ると言っていた」「必ず」と言っている。根拠（判断するための理由）があって、話者がそう信じていると伝えたいとき、「〜はずです」を使う。例：
・荷物は昨日送りましたから、今日そちらに着くはずです。
・高いワインですから、おいしいはずですよ。
「必ず」は可能性が非常に高いことを表す。

1「（動詞辞書形）ところです」は、直前の様子を表す。事実を伝える言い方で、「必ず」はつかない。

3「でしょうか」は疑問を表す。「必ず」と強く信じていることから不適切。推測を表す「でしょう」なら適切。

4「来るといいです」は願望を表す、これも、「必ず」と信じていることから不適切。

中文解說　由於對話中提到「来ると言っていた／說要來」與「必ず／一定」。所以表達有所根據（做出某判斷的理由），且說話者也深信此根據並想借此傳達時，則用「～はずです／應該」。例如：

・包裹已於昨天寄出了，今天應該就會送達那裡。

・紅酒十分昂貴，應該很好喝喔。

「必ず」表示可能性非常高。

選項1：「（動詞辭書形）ところです／正要…的時候」表示馬上要做的動作前的樣子。因為是用於傳達事實，所以後面不會接「必ず／一定」。

選項3：「でしょうか／是那樣嗎」用於表示疑問。而「必ず」是表示深信某事，所以不正確。如果改用表示推測的「でしょう／…吧」則正確。

15

解　答　3

日文解題　「（名詞）のような」で、例えを表す。例：

・その果物はお菓子のような味がした。

・屋上から見る町は、おもちゃのようだ。

1「犬みたいな」なら適切。「～みたいな」と「～のような」は同じ意味だが、「～みたいな」のほうが口語的。

2「～そう（な）」は、動詞や形容詞について、直前の様子や今見える様子を表す。例：

・強い風で木が倒れそうです。

・おいしそうなスープですね。

3「はず」は、理由があって話者がそう信じているときの言い方。

中文解說　「（名詞）のような／好像」表示舉例的意思。例如：

・那種水果嚐起來像糖果。

・從屋頂上俯瞰整座城鎮，猶如玩具模型一般。

選項1：如果是「犬みたいな／像狗一樣」則為正確的敘述方式。雖然「～みたいな／好像」與「～のような」意思相同，但「～みたいな」較為口語。

選項2：「～そう（な）／好像」前接動詞或形容詞，表示動作發生稍前的狀況或現在所見所聞的狀態。例如：

・在強風吹襲下，樹木都快倒了。

・這湯看起來很美味喔。

選項3：「はず／應該」用在說話者有所依據（某判斷的理由）並且深信該依據時。

16

解答 4

日文解題
正しい語順：飲むことができるかどうか、知りません。

Aが「飲むことができますか」と聞いているので、「飲むことができる」と繋げてみる。

文の中に疑問文が入るとき、「（普通形）かどうか」という形になる。例：

・木村さんが来るかどうか、分かりません。←木村さんは来ますか＋分かりません

・参加するかどうか、決まったら連絡してください。←参加しますか＋決まったら連絡してください。

「3→2→4→1」の順で問題の☆には4の「か」が入る。

※疑問詞のある疑問文のときは、「（疑問詞）＋（普通形）か」となる。例：

・誰が来るか、分かりません。←誰が来ますか＋分かりません

・いつ行くか、決まったら連絡してください。←いつ行きますか＋決まったら連絡してください

中文解說
正確語順：天曉得，不知道能不能喝。

由於A問「飲むことができますか／可以喝嗎」，可試著把「飲むことができる／可以喝」連接起來。

當句子中要插入疑問句時，則用「（普通形）かどうか／是否」的形式。例如：

・木村先生是否會來，無法得知。

・←木村先生是否會來呢＋無法得知

・參加與否，請決定了就通知我一聲。←參加與否＋請決定了就通知我一聲

正確的順序是「3→2→4→1」，而問題☆的部分應填入選項4「か／呢」。

※當疑問句中有疑問詞時，則變成「（疑問詞）＋（普通形）か／嗎」。例如：

・無法得知有誰會來。←有誰會來＋無法得知

・什麼時候前往，請決定了就通知我一聲。←什麼時候前往＋請決定了就通知我一聲

17

解答 1

日文解題
正しい語順：いつも大学のまわりを走ることにしています。

意識して続けている、と言いたいとき、「（動詞辞書形）ことにしています」と言う。例：

・毎月3万円ずつ、貯金することにしています。

「走ることにしています」で、その前に「大学のまわりを」を置く。「4→3→1→2」の順で問題の☆には1の「ことに」が入る。

中文解說
正確語順：總是到大學附近跑步。

表達有意識持續做某事時，則用「（動詞辭書形）ことにしています／打算・決定」。例如：

・我打算每個月存下３萬圓。

「走ることにしています／跑步」之前應填入「大学のまわりを／到大學附近」。

正確的順序是「４→３→１→２」，而問題☆的部分應填入選項１「ことに」。

18

解　答　3

日文解題　正しい語順：今日は、お弁当を家で作ってきました。

「弁当」の後には目的語を表す「を」が、「家」の後には場所を表す「で」をつける。「きました」の前には、「作って」を入れる。「（動詞て形）てきます」は、その動作をしてここに来る、という意味を表す。例：

・ちょっとジュースを買ってきます。

・誰か来たようですね。外を見てきます。

「４→２→３→１」の順で問題の☆には３の「で」が入る。

中文解說　正確語順：今天在家做好便當帶來。

「おべんとう／便當」後面應該接表示目的語的「を」，「家／家」後面應該接表示場所的「で／在」。「きました／來了」的前面應填入「作って／做」。「（動詞て形）てきます／（去）…來」表示完成某個動作之後再來這裡之意。例如：

・我去買個飲料回來。

・好像有人來了，我去外面看一下。

正確的順序是「４→２→３→１」，而問題☆的部分應填入選項３「で／在」。

19

解　答　2

日文解題　正しい語順：もどりましたらこちらからお電話するように伝えておきます。

父が留守のときに、父に電話がかかってきたときの言葉だと考える。問題の部分は、「（こちらから）電話することを（父に）伝える」という内容だと分かる。「（動詞辞書形／ない形）ように（言います・伝えます等）」は、命令や指示の内容を示すときの言い方である。例：

・木村さんに、明日はゆっくり休むように伝えてください。

・医者は佐藤さんに、お酒を飲まないように言いました。

選択肢は「お電話するように伝えて」と並べ、「伝えて」に「おきます」を繋げる。

「（動詞て形）ておきます」は、準備や片付けなどを表す。例：

・使ったお皿は洗っておきます。

・明日までにこれを20部印刷しておいてください。

「４→１→２→３」の順で問題の☆には２の「伝えて」が入る。

中文解說　正確語順：回來以後必定轉告他回電。

從父親不在家，有人致電給父親，這時該如何回應來看。可以得知問題部分的內容是「（こちらから）電話することを（父に）伝える／轉告（父親）（從這邊）打電話過去」。「（動詞辭書形・ない形）ように（言います・伝えます等）／（動詞辭書形・否定形）要，會（告知，轉達）」用在表達指示、命令時。例如：

・請轉告木村先生，明天在家裡好好休息。

186

・醫生叫佐藤先生盡量別再喝酒了。

排列完「お電話するようにつたえて／必定轉告他回電」這些選項之後，再將「おきます／（事先）做好…」接在「つたえて／轉告」後面。

「（動詞て形）ておきます／（事先）做好…」表示事先準備。例如：

・使用過的盤子先洗乾淨。

・這份資料明天之前先拷貝好 20 份。

正確的順序是「4→1→2→3」，而問題☆的部分應填入選項 2「つたえて／轉告」。

20

解　答　1

日文解題　正しい語順：妹はわたしほど太っていないですよ。

「妹は太っていないですよ」と並べた文に、「ほど」と「わたし」を入れる。「AはBほど〜ない」で比較を表すから、「妹は」の後に「わたしほど」を入れる。例：

・北海道はロシアほど寒くないです。

「4→2→1→3」の順で問題の☆には1の「太って」が入る。この文の意味は「私は妹より太っています」とだいたい同じである。

中文解說　正確語順：我妹妹沒有我這麼胖哦！

需要在由「妹は太っていないですよ／妹妹不胖哦」所組成的句子填入「ほど／（程度）」跟「わたし／我」。由於句型「AはBほど〜ない／A沒有B這麼…」表示比較，所以「妹は／妹妹」之後應該填入「わたしほど／我這麼」。例如：

・北海道沒有俄羅斯那麼冷。

正確的順序是「4→2→1→3」，而☆的部分應填入選項1「太って／胖」。

此句意思與「私は妹より太っています／我比妹妹胖」大致相同。

文章翻譯　本田先生：

暑熱尚未遠離，闊別後是否一切如昔？

八月那趟旅行承蒙照顧，非常感謝。您帶我到海裡游泳，還帶我搭船，玩得非常開心。由於我家鄉並不靠海，所以您帶我做了各種體驗都是我從來不曾嘗試過的。

我仍然不時回憶起和您一起做我的家鄉菜，並和大家一起享用的情景。

和大家一起拍的紀念照已經洗好了，謹隨信附上。

等待重逢之日的到來。

9 月 10 日

宋・和雅

21

解答 2

日文解題 「（　）…続いています」とあるので、継続をあらわす「まだ」を入れる。
例：
・午後は晴れると言っていたのに、まだ降っているね。
・まだ食べているの？早く食べなさい。

中文解說 由於後文有「（　）…続いています／持續下去」，所以應該填入表示持續的「まだ／還」。例如：
・不是說下午就會放晴，怎麼還在下雨啊！
・你還在吃啊？快點吃。

22

解答 4

日文解題 「お世話になりました」は決まった言い方。「わたしはあなたの世話になった」と言っている。
「世話をする」の例・毎朝、犬の世話をしてから学校へ行きます。

中文解說 「お世話になりました／承蒙關照」是固定的說法。意思為「わたしはあなたの世話になった／我承蒙您的關照了」。
「世話をする／照顧・照料」的例子：每天早上都先照料好小狗才去上學。

23

解答 2

日文解題 「〜たり、〜たり（して）」の文。「海で泳いだり」に合うのは「船に乗ったり」。「わたしは、楽しかったです」という文の楽しかった内容を「〜たり、〜たり（して）」で説明している。

中文解說 這裡使用「〜たり、〜たり（して）／又是…又是…」這一句型。因此與「海で泳いだり／又是在海裡游泳」相呼應的是「船に乗ったり／又是坐船」。表達「わたしは、楽しかったです／我很開心」開心相關的內容則用句型「〜たり、〜たり（して）」進行說明。

24

解答 3

日文解題 「ときどき〜います」とあるので、状態を表す「〜ています」と考える。3「思い出して」と4「思い出されて」で、「…みんなで食べたことを」とあるので、能動態の「思い出して」が正解。
1「思い出すなら」と2「思い出したら」は「います」に繋がらない。
4「みんなで食べたことが思い出されます」なら適切。

中文解說 前後文為「ときどき〜います／不時」，因此從語意考量應該使用表示狀態的「〜ています／表狀態」。即選項3的「思い出して／回憶起」或選項4的「思い出されて／被回憶起」。由於前文提到「…みんなで食べたことを／大家一起享用」，因此主動語態的「思い出して」為正確答案。
選項1、2：選項1的「思い出すなら／如果回憶起」與選項2的「思い出した

ら／想到的話」無法連接「います」。

選項４：若是「みんなで食べたことが思い出されます／想起大家一起享用的往事」則正確。

25

| 解 答 | 3 |

| 日文解題 |

「お（動詞ます形）します」。「お送りします」は「送ります」の尊敬表現。
例：
・お荷物をお持ちします。
・Ａ：これはいくらですか。
・Ｂ：ただいま、お調べしますので、お待ちください。

| 中文解說 |

句型「お（動詞ます形）します／我為您做…」。「お送りします／附上」是「送ります」的尊敬表現。例如：
・讓我來幫您提行李。
・Ａ：這要多少錢？
・Ｂ：現在立刻為您查詢，敬請稍候。

| 第1回 | 読解 | 問題4 | P33-36 |

26

| 解 答 | 2 |

| 文章翻譯 | （1）

韓先生的研究室桌上放著以下這封信：

> 韓先生
> 上星期回鄉下，家母要我把蘋果醬帶回來和大家分享。這是家母做的。家母還交代了要送給韓先生和周先生。 我放在研究室的冰箱，請帶回去。
>
> 高橋

| 日文解題 |

答えは２。「研究室の冷蔵庫に入れておいたので、持って帰ってください」とある。

冷蔵庫にあるのは、高橋さんのお母さんが作った、りんごジャム。りんごジャムは「おみやげ」で、「カンさんとシュウさんにさしあげて」とお母さんが言ったとある。

1 「おかし」ではない。
3 「シュウさんにわたして」とは言っていない。
4 「りんご」ではない。

中文解說　正確答案是 2。文中寫道「研究室の冷蔵庫に入れておいたので、持って帰ってください」（我放在研究室的冰箱，請帶回去）。
在冰箱裡的是高橋先生的媽媽做的蘋果醬，蘋果醬是媽媽交代要「送給韓先生和周先生」的「禮物」。
1 不是「おかし」（糕點）。
3 並沒有提到要韓先生「シュウさんにわたして」（交給周先生）。
4 不是「りんご」（蘋果）。

27

解　答　　1

文章翻譯　　(2)

動物園的入口處張貼了以下公告：

　動物園公告

◆ 為避免動物受到驚嚇，拍照時請勿讓相機發出聲響或閃光。
◆ 請勿餵食動物。
◆ 請將垃圾帶回家。
◆ 禁止攜帶狗或貓等寵物入園。
◆ 禁止攜帶球類、棒球等器材入園。

日文解題　　答えは 1 。「音や光の出るカメラで写真を撮らないでください」とある。「音や光が出ないカメラなら」いいと考えられる。
2　「ごみは家に持って帰ってください」とある。
3　「動物に食べ物をやらないでください」とある。
4　「犬やねこなどのペットを連れて…入ることはできません」とある。

中文解說　　正確答案是 1。「音や光の出るカメラで写真を撮らないでください」（拍照時請勿讓相機發出聲響或閃光）。所以「音や光が出ないカメラなら」（如果是沒有聲音或閃光的相機）可以使用。
2 文中寫道「ごみは家に持って帰ってください」（請將垃圾帶回家）。
3 文中寫道「動物に食べ物をやらないでください」（請勿餵食動物）。
4 文中寫道「犬やねこなどのペットを連れて…入ることはできません」（禁止攜帶狗或貓等寵物入園）。

28

解　答　3

文章翻譯　(3)

這是田中課長寄給張先生的信：

張先生

　S貿易的社長將於3號下午1點蒞臨。請確認會客室是否可借用，若已被借走請預借會議室。我們公司將由山田部長和我出席。張先生也請列席，並準備公司近期工作項目的簡報。

田中

日文解題　答えは3。チャンさんのほかに、S貿易の社長さんと、山田部長と田中さんの三人分。

中文解說　正確答案是3。除了張先生之外，還有S貿易的社長、山田部長和田中先生三人分。

解　答　3

文章翻譯　(4)

山田同學上大學了，所以開始打工。他的工作是在超市的收銀櫃臺。由於動作還不熟練，結帳速度比其他店員慢，總是遭到客人的責備。

日文解題　答えは3。「レジを打つのが…遅いため、いつもお客さんに叱られます」とある。「叱られる」は「叱る」の受身形。「叱られる」のは山田さん。「遅いため」は、山田さんがお客さんに叱られる理由を説明している。
「レジを打つ」とは、スーパーで買い物した商品の料金を計算する仕事のこと。
1の「大変ね」と2の「ありがとう」は叱っていないので不適切。
4の「間違えないように」は、叱る理由が「遅いため」ではないので不適切。

中文解說　正確答案是3。文中提到「レジを打つのが…遅いため、いつもお客さんに叱られます」（結帳速度…慢，總是遭到客人的責備）。「叱られる」（被責備）是「叱る」（責備）的被動形，「被責備」的是山田先生，「遅いため」（因為很慢）是說明山田先生被責備的理由。
「レジを打つ」（打收銀機，收銀）是指在超市計算商品價格、結帳的工作。
1的「大変ね」（很辛苦呢）和2的「ありがとう」（謝謝）都沒有責備的意思，所以不正確。
4「間違えないように」（請不要弄錯）被責備的理由和「因為速度慢」無關，所以錯誤。

讀解

1　2　3　CHECK　1　2　3

　我非常喜歡從電車裡眺望窗外的景色。因此，上下班搭電車回家時，我總是不坐下來，而是①站著欣賞風景。

這樣一來，可以看見各式各樣的景象。我看到在學校裡玩耍的活潑孩童，也看到在車站附近的蔬果店買菜的女人。天氣晴朗的時候，甚至可以眺望遠方的樓房和山嶺。

②寒冬裡的一天，我為了工作出遠門。我在陌生的城鎮搭上電車，和往常一樣欣賞窗外的風光，忽然「啊！」的③大叫了一聲。因為我看到了富士山。周圍的人們都被我的叫聲嚇了一跳，紛紛往窗外看。有個八歲左右的小女孩開心地大喊：「哇，富士山耶！」在湛藍晴空遙遠的那一方，可以清楚看見雪白的富士山，真的好美！

雖然接近車站時就看不到富士山了，但那一整天我都很開心，覺得自己很幸運。

30

解答　2

日文解題　答えは2。文頭に「ですから」とある。ひとつ前の文に、この文の理由があると分かる。前の文に「窓の外の景色を見るのがとても好きです」とある。

中文解說　正確答案是2。文章的開頭有「ですから」，表示前一句話即是理由。前一句話寫道「窓の外の景色を見るのがとても好きです」（非常喜歡眺望窗外的景色）。

31

2

解答　答えは2。「会社の仕事で遠くに出かけました」「知らない町の電車に乗って」

日文解題　とある。
1と4は「いつもの電車」が不適切。3は「会社の帰りに」が不適切。

中文解說　正確答案是2。文中提到「会社の仕事で遠くに出かけました」（為了工作出遠門）、「知らない町の電車に乗って」（在陌生的城鎮搭上電車）。
1和4都是搭「いつもの電車」（平常搭乘的電車），所以不正確。3是「会社の帰りに」（從公司回來的路上），所以不正確。

32

4

答えは 4 。この文の次に「富士山が見えたからです」とある。「から」は理由
を表す。

※ 30 は、[理由を表す文（ですから）結果を表す文] となっている。32 は、
[結果を表す文→理由を表す文（〜からです）] となっていることに気をつけよ
う。

正確答案是 4 。下一句話寫道「富士山が見えたからです」（因為我看到了富士
山）。「から」表理由。

※30 是[理由句（ですから）→結果句]。32 是[結果句→理由句（〜からです）]。
請特別注意。

33

1

答えは 1 。「その日は、…何かいいことがあったようなうれしい気分でした」
とある。

正確答案是 1 。文中提到「その日は、…何かいいことがあったようなうれしい
気分でした」（那一整天我都很開心，覺得自己很幸運）。

193

東京樂園　價目表

〔入園費〕…進入園區的費用。

入園費	
成人（中學以上）	500 圓
兒童（5 歲以上、小學六年級以下）、65 歲以上長者	200 圓
（4 歲以下兒童免費）	

〔搭乘券〕…搭乘遊樂設施的費用。

◆ 無限搭乘券（全天不限次數搭乘任何遊樂設施）		
成人（中學以上）	1200 圓	
小孩（5 歲以上、小學六年級以下）	1000 圓	
（4 歲以下兒童免費）		
◆ 普通券（搭乘遊樂設施時請支付所需張數）		
普通券	1 張	50 圓
回數券（內含 11 張普通券的套票）	11 張	500 圓

・搭乘遊樂設施時所需普通券的張數

遊樂設施	所需搭乘券的張數
旋轉木馬	2 張
兒童特快車	2 張
娃娃船	2 張
咖啡杯	1 張
兒童雲霄飛車	4 張

○希望盡情享受多項遊樂設施的遊客，推薦購買「無限搭乘券」。

○只想搭乘少數幾項遊樂設施的遊客，建議購買所需數量的「普通券」。

34

解　答	2

日文解題　答えは 2 。問題は「中に入るときに」かかるお金を聞いているので、「入園料」の表を見る。中村さんは 500 円、あきらくんは 200 円なので、700 円となる。

中文解說　正確答案是 2。問題問的是「中に入るときに」（進入園區）的花費，所以請看「入園料」（入園費）的表格。中村先生是 500 圓，曉君是 200 圓，所以總共是 700 圓。

35

解　答	4

日文解題　答えは 4 。乗り物に乗るのは、あきらくんだけ。「料金表」の「乗り物に乗るときに必要な普通券の数」の表を見る。「子ども特急」は 2 枚、「子どもジェットコースター」は 4 枚とあるので、6 枚必要と分かる。「乗り物券」の表から、「普通券」1 枚の値段は 50 円、つまり 6 枚の値段は 300 円だと分かる。これを、「フリーパス券」の子ども料金（1000 円）や、「回数券」の値段（500 円）を比べると、一番安いのは、普通券を 6 枚買うことだと分かる。

中文解說　正確答案是 4。只有曉君搭乘遊樂設施。請參照「料金表」（價目表）的「乗り物に乗るときに必要な普通券の数」（搭乘遊樂設施時所需普通券的張數）。「兒童特快車」需要 2 張，「兒童雲霄飛車」需要 4 張，所以共需要 6 張。從「乗り物券」（搭乘券）表中可知，「普通券」一張 50 圓，也就是說 6 張共需要 300 圓。而「無限搭乘券」兒童需要 1000 圓、「回數券」要 500 圓。相比之下，知道最便宜的方式是買 6 張普通券。

だい かい 第1回	ちょうかい 聴解	もんだい 問題1	P41-45

1 ばん

解　答	2

日文解題　おじいさんは「冬のコートがいらないくらいだね」と言い、女の人の「…青いシャツはどう？」に対して「あのシャツの上にセーターを着ていこう」と言っている。
シャツの上にセーターを着ているのは 2。

中文解說　爺爺說「冬のコートがいらないくらいだね／不需要穿冬天的大衣了呢」，並且對於女士說的「…青いシャツはどう？／穿藍色襯衫怎麼樣？」，爺爺回答「あのシャツの上にセーターを着ていこう／穿上那件襯衫後再加一件毛衣吧」
穿上襯衫後再加毛衣的是選項 2。

2 ばん

解　答	2

日文解題　正しい番号は、4715。

中文解說　正確號碼是 4715。

3 ばん

| 解答 | 1 |

日文解題
女の子に「コーヒーか紅茶はいかがですか」と聞かれて、お客さんは「紅茶を
お願いします」と言っている。「おいしいケーキがありますが、いっしょにい
かがですか」と言われて、「ありがとう、飲み物だけでけっこうです」と答え
ている。
女の子は「（今日は）暑いので、冷たいもの（冷たいお茶）をお持ちします」
と言っている。
「けっこうです」は丁寧に断るときの言い方。
「ありがとう、飲み物だけでけっこうです」は「けっこうです」の前に、逆説
の「でも」があると考えよう。

中文解說
對於女孩問「コーヒーか紅茶はいかがですか／需要咖啡或紅茶嗎？」，客人回
答「紅茶をお願いします／麻煩給我紅茶」。女孩又問「おいしいケーキがあり
ますが、いっしょにいかがですか／家裡有好吃的蛋糕，要一起吃嗎？」，客人
回答「ありがとう、飲み物だけでけっこうです／謝謝，只要飲料就好了」。
女孩說「（今日は）暑いので、冷たいもの（冷たいお茶）をお持ちします／（今
天）真熱，我去為您端冷飲（冰涼的飲料）來」。
「けっこうです／就好了」是客氣地拒絕說法。
可以把「ありがとう、飲み物だけでけっこうです／謝謝，只要飲料就好了」想
成是在「けっこうです／就好了」之前加上逆接的「でも／可是」。

4 ばん

| 解答 | 3 |

日文解題
お母さんが「冷蔵庫におつまみがあるから、だしてあげて」と言っている。
「おつまみ」は、お酒を飲むときに食べる簡単な食べ物。
1「夕ご飯はちょっと待っててね」と言っている。
2お父さんは「もうお風呂に入ってる」と言っている。
4「肩を揉む」または「肩をたたく」ことについては、話していない。

中文解說
媽媽說「冷蔵庫におつまみがあるから、だしてあげて／冰箱裡有下酒菜，把它
拿出來吧」
「おつまみ／下酒菜」是喝酒時配的簡易小菜。
選項1，對話提到「夕ご飯はちょっと待っててね／晚飯再等一下下喔」
選項2，對話提到爸爸「もうお風呂に入ってる／已經去泡澡了」
選項4對話中並沒有提到關於「肩を揉む／揉肩膀」，也就是「肩をたたく／按
摩肩膀」。

5 ばん

| 解答 | 1 |

日文解題
「みなみおおやまアパート」「みなみは、ひがし・にし・みなみ・きたのみなみ（東
西南北の南）」「おおやまは大きい山と書く」と言っている。
女の人が「分かりました。こうですね」と書いて見せたものは、「東大山」と
間違っていた。

中文解說	對話中提到「みなみおおやまアパート／南大山公寓」「みなみは、ひがし・にし・みなみ・きたのみなみ／南是東西南北的南」、「おおやまは大きい山と書く／大山的寫法是很大的山」。 女士回答「分かりました。こうですね／我明白了，是這樣吧」，但是寫好後給對方看的卻錯寫成「東大山」。

6 ばん

解　答	4
日文解題	「21日は土曜日だから…、次の月曜日から水曜日までにしよう」と言っている。21日が土曜日なので、月曜日は23日だと分かる。
中文解說	對話中提到「21日は土曜日だから…、次の月曜日から水曜日までにしよう／21日是星期六…，那我們訂在下週一到週三吧！」。 21日是星期六，因此可知23日是星期一。

7 ばん

解　答	1
日文解題	女の人は「食事はしないで、飲み物だけ」、また「おタバコはお吸いになりますか」と聞かれて「いいえ、吸いません」と答えている。係の人は「飲み物だけの方は青の紙」「禁煙席は白の紙」と言っている。 「禁煙席」はタバコを吸わない人のための席。 「喫煙席」はタバコを吸う人の席。 「おタバコ」「お吸いになる」などの丁寧な言い方に気をつけよう。
中文解說	女士說「食事はしないで、飲み物だけ／不用餐，只喝飲料」，又在店員詢問「おタバコはお吸いになりますか／請問您抽菸嗎」時回答「いいえ、吸いません／不，不抽」。於是店員說「飲み物だけの方は青の紙／飲料單是藍色的紙」、「禁煙席は白の紙／非吸菸區請拿白色的紙」。 「禁煙席／非吸菸區」是為不抽菸的顧客而設置的座位。 「喫煙席／吸菸區」是給抽菸的顧客的座位。 「おタバコ／香菸」、「お吸いになる／吸」等等是鄭重的說法，請特別注意。

8 ばん

解　答	4
日文解題	「駅の南側」は3と4。「この大通りを南に進み、右に曲がって…行くと、左にテニスコートがあります」と言っているので、4が適切。3は大通りを左に曲がっているので不適切。
中文解說	「駅の南側／車站南邊」的是選項3和4。因為對話中提到「この大通りを南に進み、右に曲がって…行くと、左にテニスコートがあります／沿著這條大街往南方走，然後右轉…再往前走，左邊就是個網球場」所以答案是選項4。選項3是在大街上往左轉，所以不正確。

聴解

1

2

3

CHECK

1

2

3

1 ばん

解答 4

日文解題 女の人は「友達に50枚」「仕事でお世話になっている人に40枚」必要だと言い、男の人は「失敗するかもしれないから、10枚ぐらい多く用意したら」と言っている。

中文解説 女士説「友達に50枚／給朋友的50張」、「仕事でお世話になっている人に40枚／給工作上關照我的人40張」。然後男士又説「失敗するかもしれないから、10枚ぐらい多く用意したら／可能會寫錯，不妨多準備10張吧？」

2 ばん

解答 4

日文解題 「水曜日に30分」「土曜日にも1時間」「日曜日には2時間」と言っている。

中文解説 男士説「水曜日に30分／星期三30分鐘」、「土曜日にも1時間／星期六也要一小時」、「日曜日には2時間／星期日要兩小時」。

3 ばん

解答 2

日文解題 先生が「消すところを消しゴムできれいに消してないから」と言っている。「から」は理由を表す。
1 学生の「ぼく、字が汚くて」に対して、先生は「いや、それはいいんだけど」と言っている。
3「ボールペンで書き直して持ってきましょうか」に対して、「そうね」と言っているが、先生は4読みにくい理由が「鉛筆で書いたから」とは言っていない。
4「字が間違っている」とは言っていない。

中文解説 老師説「消すところを消しゴムできれいに消してないから／因為應該擦掉的地方沒有用橡皮擦擦乾淨」。「から／因為」用於表示理由。
選項1對於學生説的「ぼく、字が汚くて／我的字很醜」，老師回答「いや、それはいいんだけど／不，那倒不是」。
選項3對於學生説「ボールペンで書き直して持ってきましょうか／還是我用原子筆重寫一次？」雖然老師回答「そうね／也好」，但老師並沒有説不易辨識的原因是「鉛筆で書いたから／因為用鉛筆寫」。
選項4老師沒有説「字が間違っている／寫錯字了」。

4 ばん

解 答　1

日文解題　何時のバスに乗るかを答える。「今、12時15分ですが、（バスは）あと3分ほどしたら出るようです」と言っている。「3分ほど」は「3分くらい」と同じ。「30分おき」は「30分に1回」と同じ。
例・この薬は6時間おきに飲んでください。
例・道路には10メートルおきに木が植えられています。

中文解說　應該回答要搭幾點的巴士。男士說「今、12時15分ですが、（バスは）あと3分ほどしたら出るようです／現在是12點15分，（公車）再三分鐘左右就會來了」。「3分ほど／三分鐘左右」和「3分くらい／大約三分鐘」意思相同。
「30分おき／每隔30分鐘」和「30分に1回／每30分鐘1次」意思相同。
例句：この薬は6時間おきに飲んでください。（這種藥請每隔六小時服用一次。）
例句：道路には10メートルおきに木が植えられています。（路旁每隔十公尺種植一棵樹。）

5 ばん

解 答　4

日文解題　日曜日の絵の説明の時間を答える。
「日曜日は2時から…案内の人が絵の説明をしてくれるそうだよ」と言っている。

中文解說　題目問的是星期天要進行畫展導覽的時間。
男士說「日曜日は2時から…案内の人が絵の説明をしてくれるそうだよ／聽說星期天從兩點開始…會有導覽員講解畫作喔」。

6 ばん

解 答　3

日文解題　「朝ご飯は6時から8時半まで、2階の食堂で」と言っている。

中文解說　女士提到「朝ご飯は6時から8時半まで、2階の食堂で／早餐從六點供應到八點半，在二樓的食堂用餐」。

7 ばん

解 答　4

日文解題　「平仮名について話をしようと思ってるんだけど」と言っている。
1女の人が「中国から入ってきた漢字から…」と言っているが、これは平仮名を説明していることば。女の人が興味があるのは平仮名。
2かたかなの話はしていない。
3日本と中国の字の違いの話もしていない。

中文解說　男士提到「平仮名について話をしようと思ってるんだけど／我想談談關於平假名的話題」。
選項1女士說「中国から入ってきた漢字から…／因為漢字是從中國傳過來的…」不過這是用來說明平假名的句子。女士感興趣的其實是平假名。
選項2對話中並沒有提到片假名。
選項3對話中並沒有提到日文字和中文字的差異。

聴解

1

2

3

CHECK

1

2

3

1 ばん

解答 2

日文解題 「おいしかった」と言っているので、食べた後に言う挨拶を答える。

1「いただきます」は食べる前に言う挨拶。

3「召し上がる」は「食べる」の尊敬語。

「召し上がってください」は食事を出すときに言うことば。「どうぞ」は丁寧に勧めることば。

中文解説 因為題目中提到「おいしかった／很好吃」,所以要回答吃飽後的招呼語。

選項1「いただきます／我開動了」是開動前的招呼語。

選項3「召し上がる／吃、享用」是「食べる／吃」的尊敬語。

「召し上がってください／請享用」是把食物端出來時會說的話。「どうぞ／請用」是客氣地請對方用餐的詞語。

2 ばん

解答 2

日文解題 「お待たせして」は「待つ」の使役形「待たせる」を、「お（動詞ます形）します」で謙譲表現にしたもの。「私があなたを待たせて」という意味で、「すみません」と謝っている。

中文解説 「お待／讓您等候了」是由「待つ／等」的使役形「待たせる／讓…等」,配合「お（動詞ます形）します」的用法,變成謙讓的用法。意思是「私があなたを待たせて／我讓您久等了」,含有「すみません／抱歉」的意味。

3 ばん

解答 1

日文解題 「召し上がる」は「食べる」の尊敬語。「〜てみる」は試しにするという意味。

例・靴を買う前に、履いてみます。

例・この本面白いですよ。ぜひ読んでみてください。

2「おいしくないですが」は、人に勧めるときに不適当。

3「おいしいかどうか」も、適当ではない。

「食べられて」は「食べて」の尊敬語。

中文解説 「召し上がる／吃、享用」是「食べる／吃」的尊敬語。「〜てみる／試試〜」有試試看的意思。

例句:靴を買う前に、履いてみます。（買鞋之前先試穿）

例句:この本面白いですよ。ぜひ読んでみてください。（這本書很有趣。請務必讀讀看。）

選項2「おいしくないですが／雖然不好吃」不適合用來勸別人。

選項3「おいしいかどうか／不確定是否好吃」也不是適當的句子。

「食べられて／吃」是「食べて／吃」的尊敬語。

4ばん

日文解題　「（動詞て形）ていただきたい（です）」は「（動詞て形）てほしい（です）」の尊敬表現。

1「ご覧になります」は「見ます」の尊敬語。相手に対して「あのかばんを見てください」と言っているので不適切。

2「（動詞て形）てはどうですか」は、動詞の行為をすることを勧める言い方。「（動詞た形）たらどうですか」と同じ。

例・そんなに疲れたなら、明日は休んではどうですか。

例・会議の時間をもっと短くしてはどうでしょうか。

選択肢2は、かばんをみせてほしいと頼む表現になっていないので、不自然。

中文解説　「（動詞て形）ていただきたい（です）／希望能～」是「（動詞て形）てほしい（です）／想要～」的尊敬表現。

選項1「ご覧になります／過目」是「見ます／看」的尊敬語。因為這句話的意思是向對方說「あのかばんを見てください／請看那個包包」，所以不正確。

選項2「（動詞て形）てはどうですか／～怎麼樣呢」是勸對方進行某種（動詞）行為的說法。和「（動詞た形）たらどうですか／做～怎麼樣呢？」意思相同。

例句：そんなに疲れたなら、明日は休んではどうですか。（如果真的那麼累，明天休息一天怎麼樣？）

例句：会議の時間をもっと短くしてはどうでしょうか。（開會的時間再縮短一點怎麼樣？）

選項2沒有呈現出拜託對方讓自己看包包的意思表達，是不自然的說法。

5ばん

日文解題　「失礼致します」は「失礼します」の謙譲表現。人の家などを出るときに言う挨拶。人の家などに行くときにも使う。この問題では、帰ります、という意味。「そろそろ」は、その時間が近い、ということを表す。

1人を迎えるときの言い方。

3人にものを頼むときの言い方。

中文解説　「失礼致します／叨擾了」是「失礼します／不好意思」的謙譲說法，是到別人家作客後告辭時的招呼語。要進別人家拜訪時也可以使用。題目句是告辭別人家時的情形。「そろそろ／快要、差不多」表示就快到某個時間了。

選項1是歡迎別人來時的說法。

選項3是要拜託別人時的說法。

聴解
1
2
3
CHECK
● 1
● 2
● 3

1ばん

解答 2

日文解題 昨日休んだ理由を聞いている。「昨日は（…休んで）どうしたのですか」と言っているが、「昨日（休んだのは）どうしてですか」と同じ。
選択肢3は「あまり行きたくなかったのです」なら適切。

中文解說 題目是問昨天請假的原因。題目句說的「昨日は（…休んで）どうしたのですか／昨天…為什麼（請假）呢？」和「昨日（休んだのは）どうしてですか／昨天（請假）是為什麼呢？」意思相同。
選項3如果是「あまり行きたくなかったのです／因為不太想去」則正確。

2ばん

解答 3

日文解題 「そろそろ」は、その時が近いことを表す。
例・もう暗いですね。そろそろ帰ります。
例・私の両親もそろそろ60になります。
問題では、「出かけましょう」と言われて「（それ）では、…（出かける）準備をします」と答えている。

中文解說 「そろそろ／快要、差不多」表示接近某個時間。
例句：もう暗いですね。そろそろ帰ります。（天色已經很暗了呢，差不多該回去了）
例句：私の両親もそろそろ60になります。（我的父母就快要六十歲了）
題目說的是「出かけましょう／我們出門吧」，所以應該回答「（それ）では、…（出かける）準備をします／（那麼），…我去準備一下（以便出門）吧」。

3ばん

解答 2

日文解題 「今年はいつ…行く予定ですか」と聞いている。このような質問には「〇月〇日に行く予定です」や「あさって行きます」「来週の日曜日です」などと答える。
「お花見」は、春に桜の花を見て楽しむこと。
1 質問は今後の予定を聞いており、1は過去のことを答えているので不適切。
3 好きなときを答えているので適切。また「今年の予定」は朝や夜ではなく、何日かを聞いている。

中文解說 題目問的是「今年はいつ…行く予定ですか／今年打算什麼時候去…？」。對於這種問題，應該回答「〇月〇日に行く予定です／預定〇月〇日要去」或「あさって行きます／後天要去」、「来週の日曜日です／下週日」等等。
「お花見／賞花」是指在春天享受賞櫻花的樂趣。
選項1，題目問的是未來的計畫，選項1回答的是過去的事情，所以不正確。
選項3回答的是喜歡的時間，所以不正確。另外，「今年の予定／今年的計畫」問的不是早上或晚上，而是問哪一天。

4 ばん

解　答　2

日文解題　男の人は「嬉しいです」と自分の気持ちを伝えている。
1「どういたしまして」は「ありがとう（ございます）」に対する答え。
3は、「〜はいつですか」などに対する答え。

中文解說　男士說「嬉しいです／很開心」表達自己的心情。
選項1，「どういたしまして／不客氣」是當對方說「ありがとう（ございます）／謝謝您」時的回答。
選項3是當對方說「〜はいつですか／〜是什麼時候」時的回答。

5 ばん

解　答　1

日文解題　「何をしていましたか」と聞いているので、「〜をしていました」と答える。
していたことを説明しているのは1。
2「友人と一緒にいました」なら適切。
3「木村さんと〜へ行きました」なら適切。
※「〜をしました」に対して、「〜をしていました」は、ある程度の時間の幅
があることを表す。
例・昨日は海で泳ぎました。
例・夏休みは毎日海で泳いでいました。

中文解說　題目問「何をしていましたか／你在做什麼？」，所以要回答「〜をしていまし
た／我在〜」說明自己正在做的事的是選項1。
選項2若為「友人と一緒にいました」則正確。
選項3若為「木村さんと〜へ行きました」則正確。
※相對於「〜をしました／做〜」，「〜をしていました／做〜」表示有一定長
度的時間。
例句：昨日は海で泳ぎました。（昨天去海邊游泳。）
例句：夏休みは毎日海で泳いでいました。（暑假每天都去海邊游泳。）

6 ばん

解　答　3

日文解題　「お使いください」は「使ってください」の尊敬表現。「どうぞ」は丁寧に勧
めるときの言い方。
1「（〜は）どうしてですか」に対する答え。
2「（〜と〜と）どちらにしますか」「どちらがいいですか」などに対する答え。

中文解說　「お使いください／敬請使用」是「使ってください／請使用」的尊敬說法。「ど
うぞ／請」是客氣邀請對方使用時的說法。
選項1是當對方問「（〜は）どうしてですか／〜是為什麼呢？」時的回答。
選項2是當對方問「（〜と〜と）どちらにしますか／（〜和〜）你要哪一個？」、
「どちらがいいですか／哪一個比較好？」等等時的回答。

7 ばん

解　答　1

日文解題　「（動詞た形）たことがあります」は経験を表す。1は「いいえ、（私はいつも）…食べません」と性質や習慣を述べて、経験がないことを説明している。

中文解說　「（動詞た形）たことがあります／曾經…」表示經驗。選項1「いいえ、（私はいつも）…食べません／不（我總是）不吃…」描述性質或習慣，解釋自己不曾體驗過。

8 ばん

解　答　2

日文解題　「〜ですか」と聞いているので、「はい」か「いいえ」で答える。2は、一生懸命やったので心配ではないと言っている。

1「あなたのおかげです」は、いいことについて相手に感謝（ありがとうという気持ち）を伝える言葉。

例・A：大学合格おめでとう。

B：先生のおかけです。

※「〜さんのおかげで」と「おかげ様で」は同じ。「〜さんのおかげ様で」とならないよう気をつけよう。

中文解說　因為題目問「〜ですか／〜嗎」所以要回答「はい／是」或「いいえ／不是」。選項2說因為努力過了，所以並不擔心。

選項1「あなたのおかげです／托您的福」是向對方表示感謝時說的話。

例句：

A：大学合格おめでとう。（恭喜你考上大學！）

B：先生のおかけです。（都是托老師的福。）

※「〜さんのおかげで／托〜的福」和「おかげ様で／托您的福」意思相同。不會寫作「〜さんのおかげ様で」，請特別注意。

MEMO

第2回 言語知識（文字・語彙） 問題1 P56-57

1

解答 3

日文解題
特＝トク
例・特別　特急
「特に」は、他と比べてこれは、と強調する言い方。
例・趣味はスポーツです。特にサッカーが好きです。
例・A：何か質問はありますか。
B：特にありません。

中文解說
特＝トク
例如：特別（特別）、特急（特別急行列車）
「特に／尤其」是指"比起其他的更〜"，是強調的說法。
例句：趣味はスポーツです。特にサッカーが好きです。（我的興趣是運動。尤其喜歡足球。）
例句：
A：何か質問はありますか。（你有什麼想問的嗎？）
B：特にありません。（沒有特別想問的。）

2

解答 2

日文解題
出＝シュツ・スイ／で‐る・だ‐す
例・出場
例・出口　出かける　出来る
例・引き出し　〜出す（泣き出すなど）
発＝ハツ・ホツ
例・発音
「出」と「発」の2つの漢字で言葉を作るとき、「シュツ」は「シュッ」、「ハツ」は「パツ」に変わる。

中文解說
出＝シュツ・スイ／で‐る・だ‐す
例如：出場（出場）
例如：出口（出口）、出かける（出門）、出来る（做好）
例如：引き出し（抽屜）、泣き出す（開始哭）
発＝ハツ・ホツ
當「出」和「発」兩個漢字合在一起成為一個詞語時，「シュツ」要變成「シュッ」、「ハツ」要要變「パツ」。

3

解答 4

日文解題
復＝フク
習＝シュウ／なら‐う
1練習　3予習

206

復習　⇔　予習

※「復」に似た漢字を覚えよう。

複＝フク　　例・複雑な問題

腹＝フク／はら　特別な読み方「お腹」

中文解説 復＝フク

習＝シュウ／なら‐う

選項1練習（練習）、選項3予習（預習）

復習（複習）⇔予習（預習）

※把和「復」相似的漢字一起記下吧！

複＝フク。例如：複雑な問題（複雑的問題）

腹＝フク／はら。特殊念法：お腹（肚子）

4

解　答 1

日文解題 場＝ジョウ／ば

例・会場　工場　駐車場

例・場所

合＝カッ・ガッ・ゴウ／あ‐う・あ‐わせる

例・合格　都合がいい

例・足に合う靴を買う

「場合」は、時、状況、事情などの意味。

中文解説 場＝ジョウ／ば

例如：会場（會場）、工場（工廠）、駐車場（停車場）

例如：場所（地方）

合＝カッ・ガッ・ゴウ／あ‐う・あ‐わせる

例如：合格（合格）、都合がいい（時間方便）

例如：足に合う靴を買う（買合腳的鞋子）

「場合」意思是"時間、狀況、緣故"等等。

5

解　答 2

日文解題 熱＝ネツ／あつ‐い

例・熱があります

例・熱いお茶

心＝シン／こころ

例・心配

例・優しい心

中文解説 熱＝ネツ／あつ‐い

例如：熱があります（發燒）

例如：熱いお茶（熱茶）

心＝シン／こころ

例如：心配（擔心）

例如：優しい心（溫柔的心）

6

| 解 答 | 2 |

日文解題
終＝シュウ／お - わる・お - える
例・最終
例・仕事は５時に終わります。
初めと終わり（名詞）
電＝デン
例・電車　電気　電話
「終電」は「最終電車」の略で、一日の最後の電車のこと。　⇔　始発電車

中文解説
終＝シュウ／お - わる・お - える
例如：最終（最後）
例如：仕事は５時に終わります。（工作將於五點結束。）、初めと終わり（開始和結束）〈名詞〉
電＝デン
例如：電車（電車）、電気（電燈）、電話（電話）
「終電／末班車」是「最終電車／末班電車」的省略說法，指一天的最後一班電車。⇔　始発電車（首班電車）

7

| 解 答 | 4 |

日文解題
退＝タイ／しりぞ - く・しりぞ - ける
院＝イン
例・病院　大学院
退院　⇔　入院
２病院　３入院
※けががなおる　→　治る
時計がなおる　→　直る

中文解説
退＝タイ／しりぞ - く・しりぞ - ける
院＝イン
例如：病院（醫院）、大学院（研究所）
退院（出院）⇔入院（住院）
選項２病院（醫院）、３入院（住院）
※けががなおる（治好傷）→治る（痊癒）
時計がなおる（修好手錶）→直る（修理）

8

| 解 答 | 1 |

日文解題
笑＝ショウ／え - む・わら - う
２通った　４困った

中文解説
笑＝ショウ／え - む・わら - う
選項２通った（來往了）、４困った（困擾了）

9

解　答	3

日文解題
自＝ジ・シ／みずか - ら
例・自分
例・自然
由＝ユ・ユイ・ユウ／よし
例・理由
※読み方に気をつけよう。「自由」は「じゆう」で３拍のことば（「十」や「住」は「じゅう」で２拍）。

中文解說
自＝ジ・シ／みずか - ら
例如：自分（自己）
例如：自然（自然）
由＝ユ・ユイ・ユウ／よし
例如：理由（理由）
※請注意讀音，「自由」念作「じゆう」，三拍。（「十」和「住」念作「じゅう」，兩拍。）

第2回　言語知識（文字・語彙）　問題2　P58

だい　かい　げんご ち しき　も じ　ご い　もんだい

10

解　答	4

日文解題
高＝コウ／たか - い
高い　⇔　低い（山や木、背の高さなど）
高い　⇔　安い（ものの値段）
形容詞の「い」を「さ」に変えて、名詞化している。「高さ」は「どのくらい高いか」という意味。
１ながさ　長（チョウ／なが - い）　３つよさ　強（キョウ・ゴウ／つよ - い・し - いる・つよ - まる・つよ - める）

中文解說
高＝コウ／たか - い
高い（高）⇔低い（矮）〈山或樹木、身高很高等等〉
高い（貴）⇔安い（便宜）〈物品的價格〉
形容詞的「い」變成「さ」，可以將形容詞名詞化。「高さ／高度」意思是「どのくらい高いか／大約有多高」。
選項１ながさ、長（チョウ／なが - い）
選項３つよさ、強（キョウ・ゴウ／つよ - い・し - いる・つよ - まる・つよ - める）

11

解　答	2

日文解題　問題文を漢字で書くと「風が冷たい季節になりました」となる。
季＝キ
節＝セツ・セチ／ふし
3、4　李（リ）は、形が似ているので気をつけよう。

中文解説　題目寫成漢字就是「風が冷たい季節になりました／進入了冷風吹拂的季節」。
季＝キ
節＝セツ・セチ／ふし
選項3、4，「季」寫成了外形相似的「李（リ）」，請特別小心。

12

解　答	3

日文解題　重＝ジュウ・チョウ／おも‐い・かさ‐なる・かさ‐ねる
1思（シ／おも‐う）　「思い」は名詞。
2軽（ケイ／かる‐い）　⇔　重い

中文解説　重＝ジュウ・チョウ／おも‐い・かさ‐なる・かさ‐ねる
選項1思（シ／おも‐う）。「思い／思想」是名詞。
選項2軽（ケイ／かる‐い）↔重い（重）

13

解　答	2

日文解題　灰＝カイ／はい
皿＝さら
「さら」が、他の言葉の後に付くことで「ざら」に変化している。
1、3炭（タン／すみ）　3、4血（ケツ／ち）

中文解説　灰＝カイ／はい
皿＝さら
「さら」皆在其他詞語後面會變成「ざら」。
選項1、3炭（タン／すみ）。選項3、4血（ケツ／ち）

14

解　答	2

日文解題　細＝サイ／ほそ‐い・こま‐かい
1ほそい
※「細い」と「細かい」の意味の違いを覚えよう。
・細いもの　→　木、糸、体、道など
・細かいもの→　文字、雨、お金、規則など

中文解説　細＝サイ／ほそ‐い・こま‐かい
選項1ほそい（細）
※請注意「細い／細」和「細かい／詳細」意思不同！
・細いもの（細、瘦、窄）　→　用在樹木、線、身材、道路等等。
・細かいもの（詳細、細微、精密）　→　用在文字、雨、金錢、規則等等。

15

解 答	1
日文解題	首＝シュ／くび 3 頭（トウ／あたま）
中文解說	首＝シュ／くび 選項 3 頭（トウ／あたま）

第 2 回　言語知識（文字・語彙）　問題 3　　　P59

16

解 答	2
日文解題	夜遅くまでテレビを見たとき、次の日は「眠い」。 1 隣の赤ちゃんはよく笑ってかわいいです。 3 一人で外国で暮らすのは寂しいです。 4 この映画はつまらないので、途中で見るのをやめました。
中文解說	晚上看電視看到很晚，隔天會「眠い／很睏」。 其他選項的正確用法： 選項 1 隣の赤ちゃんはよく笑ってかわいいです。（隔壁的小嬰兒很喜歡笑，真可愛。） 選項 3 一人で外国で暮らすのは寂しいです。（一個人住在國外很寂寞。） 選項 4 この映画はつまらないので、途中で見るのをやめました。（這部電影很無聊，所以我看到一半就放棄了。）

17

解 答	1
日文解題	「やっと」は待っていた状態にとうとうなった、ということを表す。 例・宿題の作文は、何度も書き直して、やっとできた。 例・先月からやっていた駅前の道路工事がやっと終わった。 2・木村さんは先週からずっと休んでいます。（継続） ・こっちのみかんの方がずっと甘いよ。（程度が高い） 3 あなたのことは決して忘れません。（打消しの強調） 4 今日の仕事はもう終わりました。（完了）
中文解說	「やっと／終於」表示總算等到某個狀態。 例句：宿題の作文は、何度も書き直して、やっとできた。（作文作業重寫了好幾次，總算完成了。） 例句：先月からやっていた駅前の道路工事がやっと終わった。（車站前從上個月開始的道路工程終於結束了。） 其他選項的正確用法： 選項 2 木村さんは先週からずっと休んでいます。（木村先生從上星期開始就一直在休假。）〈繼續〉

こっちのみかんの方がずっと甘いよ。（這邊的橘子比較甜耶。）〈程度較高〉
選項3あなたのことは決して忘れません。（我絕對不會忘記你。）〈強調否定〉
選項4今日の仕事はもう終わりました。（今天的工作已經結束了。）〈結束〉

18

解答 2

日文解題 この「失礼しました」は「失礼なことをしてすみませんでした」という意味。問題文は、昨日相手に会いに来なかったことを謝っている。
「お伺い」は「訪問する、尋ねる」などの謙譲語「伺う」を名詞化したもの。「お伺いする」のように使う。
※「失礼しました」は帰る時の挨拶にも使う。
1親切にしてくれた人にお礼を言います。
3あなたのおかげでよい旅行になりました。
4このケーキは焼き過ぎて、失敗しました。

中文解說 這裡的「失礼しました／抱歉了」是「失礼なことをしてすみませんでした／做了失禮的事情非常抱歉」的意思。題目是在為昨天沒有來見對方而道歉。
「お伺い」是將「訪問する、尋ねる／拜訪、打聽」等的謙讓語「伺う／拜訪、打聽」名詞化而成的。用法是「お伺いする／拜訪」。
※「失礼しました／先走一步」也可以當作要離開時的招呼語。
其他選項的正確用法：
選項1親切にしてくれた人にお礼を言います。（向親切待我的人道謝。）
選項3あなたのおかげでよい旅行になりました。（多虧了你，讓我們有一場美好的旅行。）
選項4このケーキは焼き過ぎて、失敗しました。（蛋糕烤過頭了，毀了。）

19

解答 4

日文解題 子供や子犬など、小さいときから世話をして大きくすることを「育てる」という。
例・庭でトマトを育てています。
1テーブルにコップを並べます。
2預かっていた荷物を届けます。

中文解說 照顧小孩或小狗等等，從小時候照顧到長大的行為稱作「育てる／養育」。
例句：庭でトマトを育てています。（在庭院裡栽種番茄。）
其他選項的正確用法：
選項1テーブルにコップを並べます。（把杯子排列在桌子上。）
選項2預かっていた荷物を届けます。（送回寄放的行李。）

20

| 解　答 | 4 |

| 日文解題 | 「窓」は「（窓を）開ける」「（窓を）閉める」。山が見えると言っているので、「開ける」を選ぶ。
開ける　⇔　閉める
「開ける」は他動詞。自動詞は「（窓が）開く」。
※「花が開く」の場合の読みは「ひらく」なので注意。 |

| 中文解説 | 「窓」的用法是「（窓を）開ける／打開（窗戶）」、「（窓を）閉める／關上（窗戶）」。因為題目說可以看見山，所以要選「開ける／打開」。
開ける（打開）⇔閉める（關上）
「開ける／打開」是他動詞。自動詞是「（窓が）開く／（窗戶）開啟」。
※若用在「花が開く／開花」，念法則是「ひらく」，請特別注意。 |

21

| 解　答 | 1 |

| 日文解題 | そこに何度も行くとき、「通う」という。
例・週2回、水泳教室に通っています。
選択肢4「通る」には、何度もという意味がない。
例・赤い車が通りました。
例・公園を通って、駅へ行きます。 |

| 中文解説 | 到某地好幾次，稱作「通う／往返」。
例句：週2回、水泳教室に通っています。（我每個星期去游泳教室兩次。）
選項4「通る／通過」就沒有"好幾次"的意思。
例句：赤い車が通りました。（一輛紅色的車開過去了。）
例句：公園を通って、駅へ行きます。（我穿過公園，前往車站。） |

22

| 解　答 | 2 |

| 日文解題 | 「薬を飲んで」と「よく」から、意味を考えて「眠って」を選ぶ。
「よく」はよい様子、十分な状態を表す。
例・はい、よく分かりました。
例・孝くんはなんでもよく食べるね。
選択肢の中で、いい意味で使えるのは2。
※「よく」は、頻度が高い（何度もあること）を表す場合もある。
例・この店にはよく行きます。
例・君はよく遅刻するね。
選択肢1，3，4は頻度の「よく」が使えるが、「薬を飲んで」に続く文として不自然。
1道に迷って、困っています。
3どうぞ、このペンを使ってください。
4お母さんが電車で騒ぐ子供を叱っています。 |

| 中文解説 | 從「薬を飲んで／吃藥」和「よく／很」的意思來判斷，可知要選「眠って／想睡」。
「よく／很」表示好的様子、非常～的状態。 |

例句：はい、よく分かりました。（是的，我完全了解了。）

例句：孝くんはなんでもよく食べるね。（小孝什麼東西都能吃得很香呢。）

選項中，表示好的意思的是選項2。

※「よく／常」也可以用於表示頻率頻繁（好幾次）。

例句：この店にはよく行きます。（我經常去這家店。）

例句：君はよく遅刻するね。（你很常遲到耶。）

選項1、3、4的「よく／常」雖然可以解釋為頻繁，但是後面接「薬を飲んで／吃藥」不合邏輯。

其他選項的正確用法：

選項1道に迷って、困っています。（迷路了，真傷腦筋。）

選項3どうぞ、このペンを使ってください。（請使用這支筆。）

選項4お母さんが電車で騒ぐ子供を叱っています。（那位媽媽正在斥責在電車裡吵鬧的孩子。）

23

解答 2

日文解題 はがきの住所や名前を書く方の面を「表」、文を書く方の面を「裏」という。
表は人に見える方の面、裏は見えない方の面をいう。

例・CD の表を上にして、入れます。

例・そのシャツ、裏じゃありませんか。

1 内側 ⇔ 外側

箱の内側に紙を貼ります。

3 スーパーと薬局の間に銀行があります。

4 あの交差点の先に駅があります。

中文解說 明信片寫有地址和姓名的那一面稱為「表／正面」，書寫內容的那一面稱為「裏／背面」。

一般而言，「表／正面、表面」是別人看到的那一面，「裏／背面」則是看不到的那一面。

例句：CD の表を上にして、入れます。（將 CD 正面朝上放進去。）

例句：そのシャツ、裏じゃありませんか。（這件襯衫沒有內裏嗎？）

其他選項的正確用法：

選項1内側（內側）⇔外側（外側）

箱の内側に紙を貼ります。（把紙張貼在箱子內側。）

選項3スーパーと薬局の間に銀行があります。（超市和藥局之間有一間銀行。）

選項4あの交差点の先に駅があります。（過了那個十字路口有一座車站。）

24

解答 3

日文解題 「郊外」は町の中心から少し離れた場所のこと。「東京の」に続く言葉を選ぶ。
1 国内　2 場所　4 交通

中文解說 「郊外／郊外」是指距離市中心有一段距離的地方。本題要選可以接在「東京の／東京的」後面的詞語。

選項1国内（國內）、選項2場所（地方）、選項4交通（交通）

25

解　答	3

日文解題 「驚く」と「びっくりする」は同じ。「びっくりする」の方が口語的。
1考える　2倒れる　4笑う

中文解説 「驚く／驚訝」和「びっくりする／嚇一跳」意思相同。「びっくりする／嚇一跳」較口語。
選項1考える（考慮）、選項2倒れる（倒下）、選項4笑う（笑）

26

解　答	2

日文解題 「なるべく早く」と「できるだけ早く」は同じ。
例・少し高くても、なるべく新しい野菜を買うようにしています。（選択）
例・資料はできるだけたくさん集めてください。（限度）
1「早く」は「遅く」との比較（程度）なので、「必ず早く」は不自然。
「用がすんだら必ず帰ります」なら適切。また、「必ずタクシーで」なども適切。
2彼はたぶん来るでしょう。（可能性が高いことの推量）
3彼は来るはずです。来ると言っていましたから。（理由がある推量、確信）

中文解説 「なるべく早く／儘早」和「できるだけ早く／盡量快點」意思相同。
例句：少し高くても、なるべく新しい野菜を買うようにしています。（就算有點貴，我還是盡量買新鮮一點的蔬菜。）〈選擇〉
例句：資料はできるだけたくさん集めてください。（請盡量收集訊息，越多越好。）〈限度〉
選項1「早く／快」表示相對於「遅く／慢」的程度，因此「必ず早く／一定快」是不自然的說法。
選項2彼はたぶん来るでしょう。（他大概會來吧！）〈推測可能性很高〉
選項3彼は来るはずです。来ると言っていましたから。（他應該會來。因為他說過會出席。）〈有理由的推測，有把握〉

27

解　答	3

日文解題 「（動詞ます形）過ぎます」で、程度がちょうどいい線を超えていることを表す。よくない意味で使う。
例・笑い過ぎて、おなかが痛くなった。
例・日本人は働き過ぎだと言われている。
※「（形容詞、形容動詞の語幹）過ぎます」も同じ。
例・このケーキは甘すぎる。
例・便利過ぎるのもよくない。
答えが「いつもよりたくさん食べました」なので、問題は「今日はケーキを食べ過ぎました」では？

215

28

| 中文解說 | 「（動詞ます形）過ぎます／過於」表示程度超過了剛好的界線。用於負面的意思。 |

例句：笑い過ぎて、おなかが痛くなった。（笑得太誇張了，肚子好痛。）

例句：日本人は働き過ぎだと言われている。（有人認為日本人工作過度。）

※「（形容詞、形容動詞の語幹）過ぎます／過於」意思也相同。

例句：このケーキは甘すぎる。（這塊蛋糕太甜了。）

例句：便利過ぎるのもよくない。（太方便也有缺點。）

28

| 解　答 | 1 |

| 日文解題 | 「（動詞①て形）、動詞②」で、動詞①の状態で、動詞②を行う様子を表す。 |

例・エアコンをつけて、寝ます。

例・メガネをかけて新聞を読みます。

「（動詞①ない形、動詞②）」も同じ。

例・傘を持たないで、出かけました。

例・寝ないで勉強しました。

選択肢１の「持たずに」は「持たないで」と同じ意味。「持たずに」の方が文語的。

選択肢１の「～てしまいました」は失敗や後悔を表す。

| 中文解說 | 「（動詞①て形）、動詞②」表示以動詞①的狀態進行動詞②的樣子。 |

例句：エアコンをつけて、寝ます。（我打開空調，上床睡覺。）

例句：メガネをかけて新聞を読みます。（我戴著眼鏡看報紙。）

「（動詞①ない形、動詞②）」也是相同的意思。

例句：傘を持たないで、出かけました。（我沒有帶傘就出門了。）

例句：寝ないで勉強しました。（我沒有睡覺，一直在念書。）

選項１的「持たずに／未攜」和「持たないで／沒有拿」意思相同。「持たずに／未攜」是書面說法。

選項１的「～てしまいました／結果變成～了」表示失敗或後悔。

29

| 解　答 | 3 |

| 日文解題 | 「謝る」ときの言葉は「ごめんなさい」。 |

例・あなたが悪いのだから、謝ってください。

例・A：お待たせして、ごめんなさい。

B：いいえ、私が早く来過ぎたんです。

| 中文解說 | 「謝る／道歉」時說的話是「ごめんなさい／對不起」。 |

例句：あなたが悪いのだから、謝ってください。（這是你的錯，請你道歉。）

例句：A：お待たせして、ごめんなさい。（讓您久等了，非常抱歉。）

B：いいえ、私が早く来過ぎたんです。（不會，是我太早到了。）

30

解　答	4

日文解題　「決まる」は、そのような結果になるという意味。「パーティーは午後6時からになりました」と同じ。
例・今日の会議で次の社長が決まります。
例・4対2でAチームの勝利が決まった。
「決まる」は自動詞。他動詞は「決める」。
例・お店はどこでもいいですよ。あなたが決めてください。
1（箱にぴったり）入りました。
2（母から電話が）かかってきました。
3（勉強を）しました／がんばりました。

中文解説　「決まる／決定」的意思是"變成這樣的結果"。和「パーティーは午後6時からになりました／派對於下午六點開始」意思相同。
例句：今日の会議で次の社長が決まります。（在今天的會議上，決定了下一任總經理人選。）
例句：4対2でAチームの勝利が決まった。（比分四比二，由A隊獲勝。）
「決まる／決定」是自動詞，他動詞是「決める／決定」。
例句：お店はどこでもいいですよ。あなたが決めてください。（餐廳哪間都行，給你決定吧。）
其他選項的正確說法：
選項1（箱にぴったり）入りました／放進（箱子）剛剛好
選項2（母から電話が）かかってきました／（媽媽）打來了（電話）
選項3（勉強を）しました、がんばりました／（念書）了、努力（念書）了

31

解　答	3

日文解題　「安心」は、心配や不安がないこと。
例・あなたの元気な顔を見て、安心しました。
例・ドアには鍵が2つ付いているので安心です。
1安全　2安静　4丁寧

中文解説　「安心／安心」是指沒有擔心或不安。
例句：あなたの元気な顔を見て、安心しました。（看到你精神飽滿的表情，我就安心了。）
例句：ドアには鍵が2つ付いているので安心です。（門鎖附上兩把鑰匙，我就安心了。）
其他選項的正確說法：
選項1安全（安全）、選項2安静（安靜）、選項4丁寧（鄭重）

32

解　答　　4

日文解題　「優しい」は人の性格を表す。
例・A：あなたのお父さんは厳しいですか。
B：いいえ、とても優しいです。
※同じ音の「易しい」と区別しよう。
「易しい」は「簡単な」という意味。
1（私は）（体が）弱くて
2（この肉は）柔らかくて
3（天気が）よくて

中文解説　「優しい／溫柔」表示人的個性。
例句：A：あなたのお父さんは厳しいですか。（你爸爸很嚴厲嗎？）
B：いいえ、とても優しいです。（不，他很溫柔。）
※同音的詞有「易しい／容易」，請小心區分！
「易しい／容易」是「簡単な／簡單」的意思。
其他選項的正確說法：
選項1（私は）（体が）弱くて／（我）（身體）很虛弱
選項2（この肉は）柔らかくて／（這種肉）很嫩
選項3（天気が）よくて／（天氣）很好

33

解　答　　3

日文解題　「留める」はその場所に物を固定すること。
例・ボタンを留める。
例・髪をピンで留める。
※他に、「とめる」は「水を止める」「車を停める」「客を部屋に泊める」など
1（旅行を）止める
→　この場合の読みは「やめる」
2（本は棚の中に）しまう
4（声を）出さない／控える

中文解説　「留める／固定」是指將某物固定在某個地方。
例如：ボタンを留める。（扣釦子。）
例如：髪をピンで留める。（用髮夾夾住頭髮。）
※其他「とめる」的用法還有：「水を止める／關掉水龍頭」、「車を停める／停車」、「客を部屋に泊める／讓客人留宿在客房」
其他選項的正確說法：
選項1（旅行を）止める／取消（旅行）〈這種情況應念作「やめる」〉
選項2（本は棚の中に）しまう／把（書）收在（書架上）
選項4（声を）出さない、控える／不要發出（聲音）、控制（音量）

34

解　答　2

日文解題　「会話」は二人以上で話し合うこと。「会話（を）する」「会話がある」などのように使う。
選択肢1は、仕事で話し合うとき「会話」とは言わない。

中文解說　「会話／會話」是指兩個以上的人對話。用法有「会話（を）する／進行對話」、「会話がある／在交談」等等。
選項1，工作中的交談不會說「会話／會話」。

第2回　言語知識（文法）　問題1　P64-65

1

解　答　1

日文解題　「〜とか〜とか」は例を挙げるときの言い方。他にもあるがここでは主なものをあげるというとき。「〜や〜など」と同じだが、「〜とか〜とか」の方が口語的。例：
・この学校には、アメリカとかフランスとか、いろんな国の留学生がいる。
・この街には、果物とか魚とか、おいしいものがたくさんありますよ。

中文解說　「〜とか〜とか／…啦…啦」是表示列舉的用法。意指雖然還有其他，但在此舉出主要的事物。和「〜や〜など／…或…等」意思相同，而「〜とか〜とか」是較口語的說法。例如：
・這所學校有來自美國啦，法國啦等世界各國的留學生。
・這條街上賣著許多水果啦、魚啦等等美食喔。

2

解　答　4

日文解題　形容詞「寒い」の語幹「寒」に「さ」をつけて名詞化している。例：
・ふたつの箱の大きさを比べる。
・私は彼女の優しさに気づかなかった。
形容動詞も同じ。例：
・平和の大切さについて考えましょう。
※ 形容詞、形容動詞には、名詞化できるものとできないものがあるので、気をつけよう。

中文解說　形容詞「寒い／冷」的語幹是「寒」，後接「さ」即為名詞化。例如：
・比較兩個箱子的尺寸大小。
・我沒能察覺到她的溫柔體貼。
形容動詞也是相同。例如：
・我們一起來思考和平的重要性吧！
※形容詞與形容動詞皆各有可名詞化以及不可名詞化的詞彙，需多加注意。

3

解答 1

日文解題　「〜かい」は「〜ですか」「〜ますか」の普通体、口語形。ふつう「楽しかったですか」の普通体は「楽しかった」だが、「〜かい」は、主に大人の男性が使う、上の人から下の人に言う言い方。例：

・君は大学生かい。

・僕の言うことが分かるかい。

中文解說　「〜かい／嗎」是「〜ですか」「〜ますか」的普通體、口語形。一般來說「楽しかったですか／高興嗎」的普通體是「楽しかった」，但「〜かい」主要是成人男性使用，用在上司對下屬、長輩對晚輩說的話。例如：

・你是大學生嗎？

・我說的話你聽懂了嗎？

4

解答 4

日文解題　「お（動詞ます形）ください」は「（動詞て形）てください」の尊敬表現。問題文は「どうぞ」があるので、相手に話しかけている言葉だと分かる。例：

・どうぞお入りください。

・（部屋に入ってくださいというとき）

・楽しい夏休みをお過ごしください。

1「お（動詞ます形）になる」は、動詞の尊敬表現。例：

・これは先生がお書きになった本です。

2「いたす」は「する」の謙譲語。

3「お（動詞ます形）します」は動詞の謙譲表現。例：

・お荷物は私がお持ちします。

中文解說　「お（動詞ます形）ください／請」是「（動詞て形）てください／請…」的尊敬表現。

因為題目有「どうぞ／請」，由此可知是用於向對方搭話的時候。例如：

・請進。

・（表達「請進入房間裡」時）

・祝您有個愉快的暑假！

選項1：「お（動詞ます形）になる／您做…」是動詞的尊敬用法。例如：

・這是老師所撰寫的書。

選項2：「いたす／做」是「する／做」的謙讓語。

選項3：「お（動詞ます形）します／我為您做…」是動詞的謙讓用法。例如：

・讓我來幫您提行李。

5

| 解　答 | 3 |

日文解題　「遠くから」とあるので、電車の音は遠くから近く（話者の近く）へ動くと考えて、「～てくる」を選ぶ。例：
・犬がこちらへ走って来る。
近くから遠くへ動いていく様子は「～ていく」。例：
・鳥が空へ飛んで行った。

中文解說　由於句中提到「遠くから／從遠方」，應該想到電車的聲音是由遠而近（說話者附近）傳來，所以選擇「～てくる／～來」。例如：
・狗兒向這邊飛奔過來。
由近到遠移動的樣子用「～ていく／～去」。例如：
・小鳥飛向藍天。

6

| 解　答 | 2 |

日文解題　「私は宿題を忘れました、そして私は廊下に（　　）」と考える。「立たされる」は「立つ」の使役形「立たせる」に、受身形「～れる」をつけた使役受身形。使役受身形は、自分の意志ではなく、人に命令されてしたことを表す言い方。
問題文では、先生が私に、廊下に立ちなさいと命令したと考えられる。例：
・子供のころは親に嫌いな野菜を食べさせられました。
・みんなの前で歌を歌わされて、恥ずかしかった。
1「立たせる」は「立つ」の使役形。
2「立たれる」は「立つ」の受身形または尊敬形。
3「立てる」は「立つ（自動詞）」の他動詞。

中文解說　整句話應該是「私は宿題を忘れました、そして私は廊下に（　　）／我忘記寫作業，然後我…走廊…」。「立たされる／被叫去站」是「立つ／站」的使役形「立たせる／叫去站」加上被動形「～れる」變成使役被動形。使役被動形用在並非依照自己的意志，而是在別人的命令下去做某件事。
依照題目的敘述，應該可以推測是老師命令我到走廊去罰站。例如：
・小時候被父母逼著吃討厭的青菜。
・要我在眾人面前唱歌，實在太難為情了。
選項1：「立たせる／使我站」是「立つ」的使役形。
選項3：「立たれる／使其站立」是「立つ」的被動形或尊敬形。
選項4：「立てる／立起」是「立つ（自動詞）」的他動詞形。

7

| 解　答 | 3 |

日文解題　「ここから富士山が見える」条件を、文の前半で述べていると考えて、条件を表す「～たら」を選ぶ。例：
・毎日練習したら、できるようになりますよ。
・開始時間を1分でも過ぎたら、会場に入れません。

中文解說　從題目的前半段設定條件為「ここから富士山が見える／可以從這裡看到富士山」來看，可以想見需選擇表示條件的句型「～たら／如果～」。例如：

・只要每天練習，就可以學會喔。

・只要超過入場時間 1 分鐘，就無法進入會場。

8

解　答　1

日文解題

（　）の前後の文の関係を考える。「勉強をした」と「いい点が取れなかった」は反対の関係なので、逆接を表す「けれど」を選ぶ。例：

・調べたけれど、分からなかった。

「けれど」と「けど」は同じ。例：

・何度も謝ったけど、許してもらえなかった。

中文解說

從（　）前後文的關係來推測。「勉強をした／用功了」與「いい点が取れなかった／沒有拿到高分」這兩句話的意思是相互對立的，所以應該選表示逆接的「けれど／雖然」。例如：

・雖然查閱過了，但我還是不完全瞭解。

「けれど」與「けど」意思相同。例如：

・雖然多次向他道歉，仍然無法獲得原諒。

9

解　答　2

日文解題

「（名詞）でも」は、例をあげる言い方。他にもある、他の物でもいい、という気持ちがある。例：

・もう3時ですね。お茶でも飲みませんか。

・A：パーティーに何か持って行きましょうか。

・B：じゃあ、ワインでも買ってきてください。

「勉強も終わったし」の「し」は理由を表す。例：

・もう遅いし、帰ろう。（遅いから帰ろう）

1の「も」は付け加えることを表すが、問題文で、勉強をすることとテレビを見ることは話者にとって別のことなので、並べて言うことはできない。下の例の場合、話者は歌もダンスも同じようなこと（今日したこと）と考えている。例：

・今日は歌も歌ったし、ダンスもしました。（「歌ったし」の「し」は並列を表す）

中文解說

「（名詞）でも／之類的」是舉例的用法。用於表達心中另有選項或其他選項亦可的想法。例如：

・已經3點了！要不要喝杯茶或什麼的呢？

・A：要不要帶點什麼去派對呢？

・B：那就買些葡萄酒來吧！

「勉強も終わったし／書都念完了」的「し／因為」表示原因、理由。例如：

・已經很晚了，我們回家吧。（因為很晚所以回家）

選項1：「も／都」雖然表示附加，但題目中唸書和看電視對說話者來說是兩件性質不同的事，因此無法以並列形式來表達。以下的例子，對說話者而言，唱歌跟跳舞是相同性質的事（今天做過的事）。例如：

・今天既唱了歌也跳了舞。（「歌ったし」的「し／既」表示並列用法…）

10

解 答	3

日文解題　「（動詞て形）てもいいですか」は、相手に許可を求める言い方。例：

・もう帰ってもいいですか。

・Ａ：この資料、頂いてもいいですか。

・Ｂ：はい、どうぞお持ちください。

中文解說　「（動詞て形）てもいいですか／可以嗎」表示徵求對方許可的用法。例如：

・我可以回去了嗎？

・Ａ：這份資料可以給我嗎？

・Ｂ：可以的，請拿去。

11

解 答	2

日文解題　「Ａと、Ｂ」で、ＡのときはいつもＢという関係を表す。例：

・春になると、桜が咲きます。

・ここにお金を入れると、切符が出ます。

１の「も」は動詞（なる）にはつかないので不適切。

３の「が」と４の「のに」は逆接を表す。「夜になる」と「星が…見えます」の関係は順接なので、文の意味から不適切と分かる。

中文解說　「Ａと、Ｂ／一Ａ・就Ｂ」表示在Ａ的狀況之下，必定伴隨Ｂ的因果關係。例如：

・每逢春天，櫻花盛開。

・只要在這裡投入現金，就會自動掉出車票。

選項１：「も／也」前面不會接動詞（なる／到了），所以不是正確答案。

選項３、４：選項３的「が／但是」與選項４的「のに／明明」都是逆接表現。但是「夜になる／到了夜晚」與「星が…見えます／可以看見…星星」兩句是順接關係，與本文文意不符，所以不是正確答案。

12

解 答	4

日文解題　文末が「か」なので疑問文。「ＡとＢと、どちらが～か」は２つの中からひとつを選ばせる言い方。「Ａですか、それともＢですか」と同じ。例：

・連絡は電話とメールと、どちらがいいですか。

・山と海と、どちらに行きたいですか。

１質問文に「とても」は不自然。「私はコーヒーも紅茶もとても好きです」なら適切。

２「コーヒーと紅茶」など選択肢が２つの場合は、「全部」ではなく「両方」や「どちらも」という。

３「必ず」は、ある結果になる様子を表し、「好きです」にはつかない。例：

・先生は毎日必ず宿題を出します。

・次は必ず来てくださいね。

中文解說　由於句尾是「か」因此可知此句是疑問句。「ＡとＢと、どちらが～か／Ａ跟Ｂ哪一種呢」是在兩個選項中選出一項的用法。與「Ａですか、それともＢですか

／是 A 呢？還是 B 呢？」意思相同。例如：

・聯繫方式你希望透過電話還是電子信件呢？

・山上跟海邊，你想去哪裡呢？

選項1：「とても／非常」用於疑問句顯得不夠通順。如果是「私はコーヒーも紅茶もとても好きです／我不管是咖啡還是紅茶都非常喜歡」則為正確表達方式。

選項2：如題目的「コーヒーと紅茶／咖啡和紅茶」，有兩個選項時，不用「全部／全部」而用「両方／兩邊」或「どちらも／兩個都」。

選項3：「必ず／必定」用於表達形成某個結果的樣子，無法修飾「好きです／喜歡」。例如：

・老師每天都會出家庭作業。

・下次請務必賞光喔。

13

| 解　答 | 1 |

日文解題

「（動詞・可能動詞辞書形）ようになる」で、状況や能力、習慣などの変化を表す。例：

・女の子は病気が治って、よく笑うようになった。

・日本に来て、刺身が食べられるようになりました。

※「（動詞ない形）なくなる」も同じ。例：

・女の子は病気になってから、笑わなくなった。

・最近、年のせいか、あまり食べられなくなった。

2「（動詞・可能動詞辞書形／ない形）ようにする」は、気をつけてそうする、習慣的に努力することを表す。例：

・毎朝一時間くらい歩くようにしています。

・お酒は飲み過ぎないようにしましょう。

中文解說

「（動詞・可能動詞辭書形）ようになる／變得…」，表示狀況、能力、習慣等的變化。例如：

・女孩的病痊癒之後，笑容變得比以往多了。

・來到日本之後，變得敢吃生魚片了。

※「（動詞ない形）なくなる／變得不…」也是一樣的用法。例如：

・自從女孩生病之後，臉上就失去了笑容。

・大概是年齡的關係，最近食慾變得比較差了。

選項2：「（動詞・可能動詞辭書形／ない形）ようにする／儘量…」表示謹慎小心，努力養成習慣的用法。例如：

・我現在每天早上固定走一個小時左右的路。

・請勿飲酒過量。

解 答	2

日文解題

「〜によると」は、伝聞（人から聞いた話）の情報源（誰に聞いたか）を表す言い方。伝聞を表す文末は「〜そうだ」。「看護師」は名詞なので、「看護師です」の普通形「看護師だ」に「そうだ」をつける。

※ 伝聞の「そうだ」の接続を確認しよう。

・天気予報によると台風が来る／来ない／来た／来なかったそうだ…動詞
・明日は寒いそうだ…形容詞
・外出は危険だそうだ…形容動詞
・午後の天気は晴れだそうだ…名詞

中文解説

「〜によると／聽說」表示傳聞（由他人口中聽說的）的資訊來源（從誰那裡聽到的）的用法。表示傳聞的句子，句尾應該是「〜そうだ／〜聽說」。「看護師／護士」為名詞，因此以「看護師です／是護士」的普通形「看護師だ」連接「そうだ」。

※表示傳聞的「そうだ」如何接續，請順便學習一下吧！

・根據氣象預報，颱風即將登陸／不會登陸／已登陸／並未登陸…動詞
・據說明天可能會很冷…形容詞
・聽說外出會很危險…形容動詞
・據說下午可能會放晴…名詞

解 答	2

日文解題

「見にきてください」とお願いしている。相手に強い希望を伝えるとき、「きっと」「必ず」「ぜひ」などを使う。例：

・大切な本ですので、きっと返してください。
・きっと元気で帰ってきてね。

このとき否定表現は使えないので気をつけよう。例：

・きっと行かないでください。

「きっと」が推測や意志を表す場合、確信は強い。例：

・鍵を盗んだのはきっと彼だ。
・約束はきっと守ります。

1「たぶん」は推量を表す。例：

・彼はたぶん来ないよ。忙しそうだったから。
・可能性はかなり高いが、「きっと」より弱い。
・彼はきっと来るよ＞彼はたぶん来るよ

3「だいたい」は大部分という意味。割合が高いことを表す。例：

・あなたの話はだいたい分かりました。
・割合は高いが、「ほとんど」より低い。
・ほとんどできた＞だいたいできた

中文解説

「見にきてください／請來看看」用於邀請他人。如果想表達強烈的期望，則加上「きっと／務必」「必ず／一定」「ぜひ／務必」。例如：

・這本書很重要，請務必歸還給我。
・請務必平安歸來。

請注意此句型不能用於否定表現。例如：
・「きっと行かないでください。」的敘述方式並不通順。
「きっと／務必」表示確信程度極高的推測，與意志堅強。例如：
・偷鑰匙的人絕對是他。
・約定了就務必要遵守。
選項1：「たぶん／大概」用於表達推測。例如：
・他大概不會來吧，因為他似乎很忙。
可能性相當高，但比「きっと」低。
他一定會來＞他大概會來。
選項3：「だいたい／多半」是大部份的意思。表示比例相當高。例如：
・你的意思我大致瞭解了。
雖然比例高，但還是比「ほとんど／幾乎」低。
幾乎做完了＞多半做完了。

<table>
<tr><td>だい かい
第2回</td><td>げん ご ち しき ぶんぽう
言語知識（文法）</td><td>もんだい
問題2</td><td>P66-67</td></tr>
</table>

16

解答 1

日文解題　正しい語順：はい。<u>少しお待ちになって</u>ください。
「お（動詞ます形）になります」は尊敬表現。「お待ちになってください」は「待ってください」を尊敬形にしたもの。例：
・どうぞこちらにお掛けになってください。
「少し」は「待つ」にかかるので、文の最初（「お待ち」の前）に置く。
「3→4→1→2」の順で問題の☆には1の「に」が入る。

中文解說　正確語順：他在，請稍等。
「お（動詞ます形）になります／請您做…」是尊敬用法。「お待ちになってください／請稍等」是「待ってください／稍等」的尊敬形。例如：
・請您這邊坐。
「少し／稍」用於修飾「待つ／等」，因此置於句首（「お待ち／等」前）。
正確順序是「3→4→1→2」，問題☆的部分應填入選項1「に」。

17

解答 2

日文解題　正しい語順：もう少し<u>大きいものをお持ち</u>しましょうか。
「お（動詞ます形）します」は謙譲表現。「お持ちしましょう」は「持ってきましょう」の謙譲形にしたもの。
持ってくるのは、「（もう少し）大きいもの」で、「もの」は「シャツ」のことです。「3→4→2→1」の順で問題の☆には2の「お持ち」が入る。
※「お持ちします」は、ふつう「持ちます」の謙譲形として使われますが、問題文では、「持ってきます」という意味で使われている。次の例は「持って行

きます」という意味である。例：

・資料は明日、私がそちらにお持ちします。

中文解説 正確語順：要不要我另外拿 一件大一點的給您呢？

「お（動詞ます形）します」是謙讓用法。「お持ちしましょう／幫您拿來」為「持ってきましょう」的謙讓形。

要拿來的是「（もう少し）大きいもの／（稍微）大一點的」，因此可知「もの／東西」意指「シャツ／襯衫」。正確的順序是「３→４→２→１」，問題☆的部分應填入選項２「お持ち／拿」。

※「お持ちします」一般是當「持ちます」的謙讓形使用，但在本題是「持ってきます／拿來」的意思。以下例句為「持って行きます／拿過去」的意思。例如：

・資料我明天會幫您拿過去。

18

解　答 3

日文解題 正しい語順：一番右に立っているのがわたしの姉です。

「どの人があなたのお姉さんですか」に対する返事だから、「（この人）がわたしの姉です」と答える形を考える。「一番右に」に続く「立っている人」の「人」が「の」に変わり、「立っているのが」となる。「４→２→３→１」の順で問題の☆には３の「の」が入る。

※ 名詞の代わりになる「の」の例：

・Ａ：お茶は熱いのと冷たいのとどちらがいいですか。

・Ｂ：じゃ、冷たいのをください。

中文解説 正確語順：站在最右邊的就是我姐姐。

回答「どの人があなたのお姉さんですか／哪一位是你姐姐呢？」，應使用此句型「（この人）がわたしの姉です／（這個人）是我的姐姐」。「一番右に／最右邊」後面應填入「立っている人／站著的人」，句中的「人」以「の／的」代替，形成「立っているのが／站著的」。正確的順序是「４→２→３→１」，問題☆的部分應填入選項３「の」。

※以「の」代替名詞的範例：

・Ａ：你的茶要冷的還是熱的呢？

・Ｂ：那，給我冷的。

19

解　答 2

日文解題 「けれども」は逆接の意味ですから、「帰国」の反対で、「日本に帰ってくる」という意味になると分かります。「日本に」には「帰って」が続き、文末は「なりません」です。

「（動詞ない形）なくてはなりません」は、そうすることが必要だ、という義務や必要を表します。４の「こなく」は「来る」のない形「来ない」が「来なく（ては）」に変化した形です。例：

・国民は法律を守らなくてはならない。

・家族のために働かなくてはなりません。

「３→４→２→１」の順で問題の☆には２の「ては」が入ります。

※「（動詞ない形）なければなりません」や「（動詞ない形）なくてはいけません」もだいたい同じ意味です。

中文解說
「けれども」用於表達是逆接的用法，因此可知和「帰国／回國」的相對意思相反的是「日本に帰ってくる／回到日本」。「日本に／到日本」後要填入「帰って／回」，句末則是「なりません」。

「（動詞ない形）なくてはなりません／必須」意為必須做某件事是這麼做的必要，用於表達示義務跟必要性的用法。選項4的「こなく」是「来る」的否定形，由是「来ない」變化為電話成「来なく（ては）」形式的用法。例：
・人人必須守法。
・為了養家活口就得工作。
正確的順序是「3→4→2→1」，而問題☆的部分應填入選項2「ては」。

※「（動詞ない形）なければなりません／必須」跟「（動詞ない形）なくてはいけません／必須」意思大致相同。

20

解答　1

日文解題
正しい語順：来週の日曜日に<u>行こうと思って</u>います。
「いつ行くのですか」と聞いているので、返事は「来週の日曜日に行きます」という意味だと予想できる。「（動詞意向形）（よ）うと思っています」は、自分の意志や計画を相手に伝えるときの言い方である。例：
・将来は外国で働こうと思っています。
・来年結婚しようと思っています。
「3→2→1→4」の順で問題の☆には1の「思って」が入る。
※「（動詞意向形）（よ）うと思っています」は、以前からそう思っていたという気持ち（継続）を伝える言い方である。これに対して「（動詞意向形）（よ）うと思います」は、今そう思ったという意味が強い言い方である。例：
・1時間待ちましたが、誰も来ないので、もう帰ろうと思います。

中文解說
正確語順：我打算下週日去。
詢問的是「いつ行くのですか／什麼時候去呢」，因此可以預測回答是「来週の日曜日に行きます／下週日去」。「（動詞意向形）（よ）うと思っています／打算」是向對方表達自己的意志與計畫時的說法。
・我將來打算到國外工作。
・我打算明年結婚。
正確的順序是「3→2→1→4」，問題☆的部分應填入選項1「思って／打算」。
※「（動詞意向形）（よ）うと思っています／打算」表達從以前就一直（持續）有的想法。相對的「（動詞意向形）（よ）うと思います／我想…」則強調現在的想法。例如：
・已經等了1個小時了，因為都沒人來所以想要回去了。

文法
1
2
3
CHECK
1
2
3

228

文章翻譯　下方的文章是以「我的家」為主題所寫的文章。

〈搬家〉

伊凡・斯米爾諾夫

　　我上個月搬家了。因為從之前租的房子到學校要耗去一個半小時，附近也沒有商店，很不方便。所以，我那時就想在學校附近租房子。

　　我新租的房子，只要從學校前面過個馬路就到了。以前上學都必須很早起床，往後我打算稍微賴床一下了。

　　搬家那天早上，朋友來幫忙我把所有的行李搬進了房間裡。中午，我們在整理得很乾淨的房間裡，一起享用了由朋友帶來的便當。

21

解　答　3

日文解題　「近くに店もなくて」の「も」に注目する。「時間も〜、店も〜」は同じようなことがあると言いたいときの言い方。また、文の内容から、それまでの下宿がよくなかったことが分かるので、「１時間半も」で１時間半が長いと感じていることを表す。

中文解說　注意此句「近くに店もなくて／附近也沒有商店」中的「も／也」。「時間も〜、店も〜／也〜時間，也〜商店」是用於表達具有相同性質的事物時。另外，從文章內容來看，可知一直以來的居住環境並不好，「１時間半も／多達一個半小時」是強調一個半小時很長的感覺。

22

解　答　3

日文解題　「〜からです」は、ひっこした理由を説明している。「学校まで１時間半かかった」「近くに店もない」下宿は、「不便」。「不便」は便利ではないという意味。

中文解說　此句型「〜からです／因為〜」用於說明搬家的裡由。「学校から１時間半かかった／到學校要耗去一個半小時」「近くに店もない／附近也沒有商店」，居住環境很「不便／不方便」。「不便」是很不方便的意思。

23

解　答　1

日文解題　先月の話をしているので、過去形を選ぶ。「（動詞意向形）（よ）うと思いました」は、過去のある時点での話者の意志を表す。

中文解說　因為是講述上個月的事情，必須選用過去式。「（動詞意向形）（よ）うと思いました／那時就想」表示在過去某時間點說話者的意志。

24

解　答	2

日文解題

「これまでは…早く起きなければなりませんでした」に対応するのは、「これからは…朝寝坊してもよくなりました」。例：

・お金を払わなければなりません⇔お金を払わなくてもいいです

「朝寝坊してもよくなりました」の「（形容詞）くなります」は変化を表す。例：

・りんごが赤くなりました。

・薬のおかげで病気がよくなりました。

1「～したがる」は「～したい」に「がる」がついて、他者の希望を表す言い方。例：

・妹はすぐにお菓子を食べたがる。

・「朝寝坊」するのは自分なので不適切。

3「～させる」は使役形で、「朝寝坊させる」と言うとき、寝坊するのは他者。例：

・母親は子どもに勉強させました。

4「～させられる」は使役受身形。「朝寝坊させられる」と言うとき、寝坊するのは自分だが、そうするのは嫌だが、という気持ちがある。

中文解說

「これまでは…早く起きなければなりませんでした／以前…必須很早起床」與「これからは…朝寝坊してもよくなりました／往後…我打算稍微賴床一下了」兩個情況相互對應。例如：

・必須得付錢⇔不付錢也可以

「朝寝坊してもよくなりました／我打算稍微賴床一下了」句中「（形容詞）くなります」表示變化。例如：

・蘋果變紅了。

・多虧服了這藥，病情已好轉了。

選項1：「～したがる／打算」是「～したい／想」加上「がる」。表示他人的期望、希望。例如：

・妹妹一天到晚總想著吃零食。

因為「朝寝坊／賴床」的是自己，所以不是正確答案。

選項3：「～させる／使對方」是使役形，若使用「朝寝坊させる／使…睡懶覺」，睡懶覺的主語應是他人。例如：

・母親叫孩子去唸書。

選項4：「～させられる／要讓對方」是使役被動形。使用「朝寝坊させられる／被迫睡懶覺」時，語含雖然睡懶覺的是自己，但並非出自本人的意願。

25

解　答	4

日文解題

名詞修飾。「友だち（　）お弁当を持ってきてくれました」と「私はお弁当を食べました」という二つの文をひとつにした文。前の文は、後の文の「お弁当」を説明している。（　）に入るのは「が」。

中文解說

本題是考名詞修飾用法，將「友だち（　）お弁当を持ってきてくれました／朋友帶來的便當」與「私はお弁当を食べました／我享用了便當」兩句結合為一句。前方敘述目的是說明後方的「お弁当／便當」。因此（　）應填入「が」。

26

| 解答 | 1 |

文章翻譯　(1)

這是大西先生寄給帕特里克先生的信：

帕特里克先生

我是大西。又到了這個美好的季節。

我手機的郵件地址將於今天傍晚異動。不好意思，可以麻煩將我的郵件地址更新嗎？手機門號和電腦的郵件地址都和以前一樣。麻煩您了。

日文解題

答えは 1 。「わたしの携帯電話のメールアドレスが…変わります」「新しいのに直しておいてくださいませんか」と言っている。

「 新しいの」の「の」は名詞「メールアドレス」を言い換えたもの。

「直しておいて…」の「（動詞て形）ておきます」は準備や後片付けなどを表す言い方。

例・使ったお皿は洗っておいてください。

「（動詞て形）て…くださいませんか」は「〜てくれませんか」の丁寧な言い方。

2「携帯電話の電話番号」や、3「パソコンのメールアドレス」は「変わりません」と言っている。

4　消してくださいとは言っていない。

中文解說

正確答案是 1 。因為文中提到「わたしの携帯電話のメールアドレスが…変わります」（我手機的郵件地址將…異動）、「新しいのに直しておいてくださいませんか」（可以麻煩將郵件地址更新嗎）。

「新しいの」（新的）中的「の」代替了名詞「メールアドレス」（郵件地址）。

「直しておいて…」（更改好…）的「（動詞て形）ておきます」（〈事先〉做好…）表準備和事後整理。

例句：請清洗用過的盤子。

「（動詞て形）て…くださいませんか」（能否麻煩…）是「〜てくれませんか」（能否幫我…）的禮貌說法。

2「携帯電話の電話番号」（手機門號）和3「パソコンのメールアドレス」（電腦郵件地址）都沒有"異動"。

4文中沒有提到"請刪除"。

解　答	3

文章翻譯 (2)

韓先生居住的東町的垃圾場，張貼著以下告示：

○   ○

垃圾收運相關事宜

○　自 12 月 31 日（二）至 1 月 3 日（週五）將不會收運垃圾，請不要將垃圾拿出來丟棄。

○　除了上述日期，仍依照規定日程收運垃圾。

◆　東町依照以下日程收運垃圾：

可燃垃圾（廚餘、廚房垃圾和廢紙等）……每週二、每週六

塑膠類（標示塑膠類標誌的物品）……每週三

瓶罐類……週一

○   ○

日文解題　答えは 3 。問題は「生ごみ」と「びん」を出す日。表の◆の部分に、「燃えるゴミ（生ごみ…）…火・土」「びん・かん…月」とある。

表の○の部分から、正月のごみ集めは 1 月 4 日から、また、3 日が金曜なので、4 日が土曜、6 日が月曜と分かる。

1　「正月の間に出た」ごみなので、12 月 30 日はおかしい。

2　4 日土曜日は、燃えるごみの日で、「びん」は出せない。

4　「なるべく早く出したい」とあり、11 日は生ごみの一番早い日ではない。

中文解說　正確答案是 3 。問題是「生ごみ」（廚餘）和「びん」（瓶類）的回收日。根據表中◆的地方，「燃えるゴミ（生ごみ…）…火・土」（可燃垃圾（廚餘…）…星期二、六）、「びん・かん…月」（瓶罐類…星期一）可以得知。

根據表中○的地方，正月的垃圾回收是從 1 月 4 日開始。另外，由於 3 日是星期五，所以可以知道 4 日是星期六、6 日是星期一。

1.因為題目說「正月の間に出た」（在年節期間產生的垃圾），所以不能選 12 月 30 日。

2.4 日星期六是可燃垃圾的收運日，不能丟瓶罐類。

4.題目提到「なるべく早く出したい」（想盡早丟），而 11 日並不是丟廚餘最早的日子。

28

解 答 3

文章翻譯 (3)

桌上擺著媽媽留的紙條和一個包裹。

給小唯

媽媽有工作，現在要去大學一趟。

不好意思，請將這個包裹送去給湯川小姐。

湯川小姐三點會到高田馬場的車站前來拿。

聽說她穿著紅色的衣服。湯川小姐的手機號碼是 123-4567-89XX。

媽媽

日文解題 答えは 3 。「この荷物を湯川さんにお届けしてください」とある。「お届けしてください」は「届けてください」の謙譲表現。「（湯川さんのところに）持って行ってください」と同じ。

2 「赤い服を着て」いるのは湯川。

4 「荷物を取りに行きます」は「荷物をもらいに行きます」という意味。ゆいさんは荷物を持って行くので不適切。

中文解說 正確答案是 3 。文中寫道「この荷物を湯川さんにお届けしてください」（請將這個包裹送去給湯川小姐）。「お届けしてください」是「届けてください」（請交給）對湯川小姐的謙讓表現。和「（湯川さんのところに）持って行ってください」（請拿去〈湯川小姐的所在地〉）意思相同。

2 「赤い服を着て」（穿著紅色衣服）的是湯川小姐。

4 「荷物を取りに行きます」（去取包裹）是「荷物をもらいに行きます」（去拿包裹）的意思。小唯是要拿包裹過去，所以錯誤。

29

解 答 3

文章翻譯 (4)

日本人於春節時有寄送賀年卡＊的習俗，然而近年來有愈來愈多人改用電腦發送電子卡片以代替賀年卡了。因為電子卡片可以同時向很多人發送相同的賀詞，十分簡便。

但是，春節時能收到各方寄來各式各樣的賀年卡，是件很讓人開心的事，所以寄賀年卡的習俗逐漸消失的現況相當令人遺憾。

＊賀年卡：書寫新年賀詞的明信片。

日文解題 答えは 3 。本文に「メールなら一度に何人もの人に同じ文を送ることができるので簡単だから」とある。「何人もの人に」と、3「大勢の人に」は同じ。

233

4について、本文では「パソコンでメールを送るという人が増えている」といっており、これは、4の「パソコンを使う人が増えた」とは違う。

中文解說　正確答案是3。文中寫道「メールなら一度に何人もの人に同じ文を送ることができるので簡単だから」（因為電子卡片可以同時向很多人發送相同的賀詞，十分簡便）。「何人もの人に」（好幾個人）和3「大勢の人に」（許多人）意思相同。4文中提到「パソコンでメールを送るという人が増えている」（愈來愈多人改用電腦發送電子卡片），這和4「パソコンを使う人が増えた」（使用電腦的人增加了）意思不同。

第2回　**読解**　**問題5**　　　　　　　　　　　　　　　P73-74

文章翻譯　那天，由於預定於10點30分開會，我比平時更早出門前往車站。

快到車站的時候，我看到有支①手錶掉在人行道上。那支高級的手錶看起來很昂貴。我怕被人踩壞了，就把它撿起來送到車站前的派出所。警察問我撿到手錶的地點，並要我登記住址和姓名。

因為②時間拖遲了，我從公司附近的車站一路狂奔到公司，可是③抵達公司時仍然比會議原訂時間還晚十分鐘。我急忙去經理辦公室解釋遲到的理由。經理很生氣，訓斥我：「我之前就提醒過大家，遇到會遲到的狀況一定要先聯絡公司，為什麼沒通知同事？」我立刻道歉：「對不起，我太急了，忘記該先聯絡。以後會注意。」經理對我說：「好，這樣就好，以後要留意。」並給了我一杯熱咖啡。經理又告訴我：「會議延到11點舉行，開會前你先稍微喘口氣。」所以我回到自己的座位上，享用了這杯熱咖啡。

30

解　答　4

日文解題　答えは4。「…家を出て駅に向かいました。もうすぐ駅に着くと言うときに…」とある。
この「駅」は家の近くの駅で、「会社の近くの駅」ではない。

中文解說　正確答案是4。文中寫道「…家を出て駅に向かいました。もうすぐ駅に着くと言うときに…」（…出門前往車站。快到車站的時候…）
這個車站是家附近的車站，而非「会社の近くの駅」（公司附近的車站）。

31

解　答　1

日文解題　答えは1。時計を駅前の交番に届け、おまわりさんに「時計が落ちていた場所を聞かれたり、わたしの住所や名前を紙に書かされたりしました」とある。遅くなったのはそのため。
2　「遠くの交番」が不適切。「駅前の交番」とある。

3 「ゆっくり歩いた」とは書いていない。

4 本文の最初の文に「わたしはいつもより早く家を出て」とある。

中文解説 正確答案是 1 。文中寫道遲到的原因是將手錶交到派出所，又「おまわりさんに時計が落ちていた場所を聞かれたり、わたしの住所や名前を紙に書かされたりしました」（警察問我撿到手錶的地點，並要我登記住址和姓名）。

2 不是「遠くの交番」（很遠的派出所），而是「駅前の交番」（車站前的派出所）。

3 並沒有寫道「ゆっくり歩いた」（慢慢走）。

4 文章開頭寫道「わたしはいつもより早く家を出て」（我比平時更早出門）。

32

| 解 答 | 2 |

日文解題 答えは 2 。本文の最初に「10 時 30 分から会議の予定がありましたので」とある。会社に着いた時は、「会議が始まる時間を 10 分も過ぎて」いたとあるので、10 時 40 分が正解。

中文解説 正確答案是 2 。文章開頭寫道「10 時 30 分から会議の予定がありましたので」（預定於 10 點 30 分開會）。到公司時，「会議が始まる時間を 10 分も過ぎて」（比會議原訂時間還晚 10 分鐘），所以抵達公司時是 10 點 40 分。

33

| 解 答 | 3 |

日文解題 答えは 3 。「部長は『そんな場合は、遅れることをまず、会社に連絡しろと言っただろう。なぜそうしなかったのだ』と怒りました」とある。部長は「連絡しなかったこと」を怒っている。

中文解説 正確答案是 3 。文中寫道「部長は『そんな場合は、遅れることをまず、会社に連絡しろと言っただろう。なぜそうしなかったのだ』と怒りました」（經理訓斥我：「我之前就提醒過大家，遇到會遲到的狀況一定要先聯絡公司，為什麼沒通知同事？」）可見部長生氣的是「連絡しなかったこと」（沒有聯絡一事）。

235

読解

1

2

3

CHECK

1

2

3

地震時的注意事項

△△市防災課

○ 地震發生前，必需時常謹記在心的事項？

	5點注意事項	應做事項
1	請將電視和電腦等物品擺放在適當的位置，以避免掉落。	・使用五金零件固定書櫃等家具以免倒塌。
2	避免被碎玻璃等尖銳物品割傷。	・將拖鞋或鞋子放在室內。
3	預先準備滅火器具。	・牢記擺放滅火器的位置。
4	備妥地震時攜帶的緊急避難包，並放在固定的位置。	・備妥三天份的糧食、衣物、手電筒、藥品等等。
5	與家人和朋友事先約定聯絡方式。	・記住在市內或鎮上的約定地點。

○ 地震發生時，該怎麼做？

1	首先，確保自身安全！ ・躲到桌子底下，等待搖晃停止。
2	地震發生時該做的事 ① 若正在用火，請關閉火源。 ② 小心倒塌的櫃子和碎玻璃。 ③ 打開門窗，確保逃生途徑。 ④ 若要離開房屋，請小心上方掉落的物品。 ⑤ 透過收音機或電視收聽新聞。

34

解 答	3
日文解題	答えは 3 。上の表「○地震がおきる前に…」の、4「地震のときに持って出る荷物をつくり…」の右を見る。
中文解説	正確答案是 3 。請參照上表「○地震がおきる前に…」（地震發生前…）中的 4「地震のときに持って出る荷物をつくり…」（備妥地震時攜帶的緊急避難包…）的右方。

35

解 答	1
日文解題	答えは 1 。問題は、揺れ始めたときに、まずすることを聞いている。「まず」は「最初に」という意味。下の表　「○地震がおきたときは…」の、1「まず、自分の体の安全を考える」の下を見る。 ※ 表の、2「地震の起きたときに、すること」は、揺れるのが終わってからすること。
中文解説	正確答案是 1 。問題問的是地震時首先應該要做什麼。「まず」是「最初に」（首先）的意思。請參見下表「○地震がおきたときは…」（地震發生時…）中的 1「まず、自分の体の安全を考える」（首先，確保自身安全）的下方。 ※表中提到 2「地震の起きたときに、すること」是指地震搖完後才要做的事。

第2回	聴解	問題1	P77-81

1 ばん

解 答	4
日文解題	女性は「ここから美術館まで歩くと、どのくらい時間がかかりますか」「…じゃあ、地図を見ながら行きます」と言っている。
中文解説	女士說「ここから美術館まで歩くと、どのくらい時間がかかりますか／從這裡走到美術館需要多少時間？」、「…じゃあ、地図を見ながら行きます／…那麼我看著地圖走過去」，可知正確答案是選項 4 。

2 ばん

解 答	2
日文解題	女の人「この部屋でお弁当を食べようよ」、男の人が「そうだね」と言っている。この部屋とは会社のこと。
中文解説	女士說「この部屋でお弁当を食べようよ／在這間會議室吃便當吧！」，男士回答「そうだね／就這麼辦」。這個會議室是指公司裡的房間。

3 ばん

解　答	1

日文解題　男の人がかばんに入れるものを答える。女の人は「おみやげは…私のかばんに入れます」「地図やお菓子を…入れてください」「では、お菓子はいいです」と言っている。

最後に男の人が「僕のかばんには、薄い本も一冊入れられるね」と言っているので、男の人のかばんに入れるのは、地図と本。

絵の2はおみやげとお菓子、3はおみやげと厚い本、4は地図とお菓子。

中文解說　要回答的是男士放進包包裡的東西。對話中女士說「おみやげは…私のかばんに入れます／土產…我放進包包裡」、「地図やお菓子を…入れてください／請把地圖或點心放進…」、「では、お菓子はいいです／那點心就不放了」

因為最後男士說「僕のかばんには、薄い本も一冊入れられるね／我的背包還可以再放一本薄的書」，所以男士放進背包裡的是地圖和書。

選項2是土產和點心，選項3是土產和厚的書，選項4是地圖和點心。

4 ばん

解　答	3

日文解題　女の人は「ノートパソコンはありますか」「特売品で日本のものもありますか」と聞いている。女の人が買いたいのは日本製のノートパソコン。

パソコンの種類で、「デスクトップ」は机の上に置いておく大型のもので、絵の1と2のこと。「ノートパソコン」は持ち歩けるもので、絵の3と4。

「特売品」はその日に特に値段が安くなっている商品のこと。

中文解說　女士詢問「ノートパソコンはありますか／有筆記型電腦嗎？」、「特売品で日本のものもありますか／特價品有日本製造的商品嗎？」

關於電腦的種類，「デスクトップ」是放在桌上的大型電腦，也就是圖示的選項1和2。「ノートパソコン」是可以帶著走的電腦，是圖示的選項3和4。

「特売品／特價品」是指當天特別便宜的商品。

5 ばん

解　答	2

日文解題　女の学生が、今日12時からの勉強会を、夕方からに変えてほしいと言っている。

女の学生が「じゃあ、みんなに連絡します」と言うと、男の学生が「それはぼくがメールで連絡しておくよ」と言っている。

1「テストの勉強をする」のは女の学生。

中文解說　女學生說"希望今天12點開始的讀書會可以改到傍晚"。

女學生說了「じゃあ、みんなに連絡します／那麼，我來通知大家」之後，男學生回答「それはぼくがメールで連絡しておくよ／我來傳訊息通知大家」

選項1，要「テストの勉強をする／唸書準備考試」的是女學生。

6 ばん

解 答 1

日文解題
「（テーブルの周りに）並べておく椅子は七つ」「あとの二つは部屋の隅に置いておきましょう」と言っている。
「（動詞て形）ておきます」で、準備を表す。
例・ビールは冷蔵庫で冷やしておきます。
「（部屋の）隅」は、真ん中ではないところ。部屋の端、角になっている辺り。
例・ゴミ箱は部屋の隅に置いてあります。
※「〜つ」の数え方を復習しよう
ひとつ　ふたつ　みっつ　よっつ　いつつ
むっつ　ななつ　やっつ　ここのつ　とお

中文解說
對話中提到「（テーブルの周りに）並べておく椅子は七つ／擺放七張椅子（在桌子周圍）」、「あとの二つは部屋の隅に置いておきましょう／另外兩張就先放在會議室角落」。
「（動詞て形）ておきます／先〜」表示準備。
例句：ビールは冷蔵庫で冷やしておきます。（先把啤酒放進冰箱裡冰鎮。）
「（部屋の）隅」是指中間以外的地方。像是房間的角落、拐角的部分。
例句：ゴミ箱は部屋の隅に置いてあります。（把垃圾桶放在房間的角落。）
※複習「〜つ」的記數念法吧！
ひとつ（一個）、ふたつ（兩個）、みっつ（三個）、よっつ（四個）、いつつ（五個）
むっつ（六個）、ななつ（七個）、やっつ（八個）、ここのつ（九個）、とお（十個）

7 ばん

解 答 3

日文解題
男の学生は、野村君にCDを返したいと言っている。女の学生が「野村君なら、午後の授業で会うよ」と言い、男の学生が「それなら…、このCDを渡してもらえる」と言っている。

中文解說
男學生說想把CD還給野村同學。女學生說「野村君なら、午後の授業で会うよ／我下午的課會遇到野村同學哦」，男學生回答「それなら…、このCDを渡してもらえる／這樣的話…，妳可以幫我把這片CD交給他嗎？」

8 ばん

解 答 1

日文解題
問題文で「駅前で」と言っていることを聞き取る。「この通りをまっすぐ」「右に大きなスーパー」「スーパーの角を右に」行くのは1の場所。

中文解說
注意聽題目提到「駅前で／在車站前」。男士說「この通りをまっすぐ／沿著這條大街直走」、「右に大きなスーパー／右邊有一家大型超市」、「スーパーの角を右に／在超市的轉角右轉」，會到達的地方是選項1。

聴解

1

2

3

CHECK

1

2

3

1 ばん

解答　1

日文解題　「予約した天ぷらのお店は…」と言っている。

中文解說　對話中提到「予約した天ぷらのお店は…／已預約的天婦羅餐廳是…」

2 ばん

解答　2

日文解題　「これはいちじゃなくてアイですよ」と言っている。「エーが一番目です」と言っているので、アルファベットの文字のことだと分かる。女の人が「9番目だから」と言っているので正解は2。また、アルファベットの「I」は9番目。20と21は、Iの列の横から何番目かを表す番号。

中文解說　對話中提到「これはいちじゃなくてアイですよ／這不是1，而是I哦！」。女士說「エーが一番目です／A才是第一排」，因此可知女士說的是拉丁字母。女士說「9番目だから／因為是第九排」因此可知正確答案是2。補充，拉丁字母「I」是第九個字母。

號碼20和21是表示在I這一排中，從橫向算起的第幾個位置。

3 ばん

解答　3

日文解題　二人は、ヘルパーの中村さんについて「午後に来ると言っていたね」「確か、1時に来るはずよ」と言っている。

ヘルパーは家事などを手伝う人。ここでは、おばあさんの世話をしに来ると考えられる。

中文解說　對於幫傭中村小姐要來的時間，兩人在對話中提到「午後に来ると言っていたね／她說下午會來吧」、「確か、1時に来るはずよ／好像是一點會來哦」。

幫傭是指幫忙做家事等的人。這裡是指來照顧奶奶的看護。

4 ばん

解答　2

日文解題　「5000円渡すから、10人分のお菓子を買ってきてください」「お茶のことは心配しなくていいですよ」と言っている。

中文解說　對話中提到「5000円渡すから、10人分のお菓子を買ってきてください／這是五千圓，請買十人份的點心回來」、「お茶のことは心配しなくていいですよ／不用擔心茶水哦（茶水由我來準備就好）」

5ばん

解答 1

日文解題 課長の「交番の隣のビルの3階だね」に対して、女の人は「違いますよ。交番の隣の隣のビルですよ」と言っている。

中文解說 對於科長說「交番の隣のビルの3階だね/派出所隔壁那棟大樓的三樓」，女士回答「違いますよ。交番の隣の隣のビルですよ/不對。是派出所隔壁的隔壁那棟大樓哦」。

6ばん

解答 4

日文解題 「来週の金曜日は、神奈川県で会議がある予定です」「午後3時からです」と言っている。

中文解說 對話中提到「来週の金曜日は、神奈川県で会議がある予定です/預定下週五要去神奈川縣開會」、「午後3時からです/下午三點開始」。

7ばん

解答 3

日文解題 女の子は最後に「韓国語を勉強したいのです」と言っている。「～のです」は理由や状況を説明するときの言い方。「韓国の家庭においてもらって」「アルバイトもしたい」と言っているが、これは韓国に留学したい理由ではない。

中文解說 女學生最後說「韓国語を勉強したいのです/因為想學韓語」。「～のです/因為～」是說明理由或狀況的說法。雖然女學生說「韓国の家庭においてもらって/住在韓國的家庭」、「アルバイトもしたい/也想打工」，但這並不是她想去韓國留學的理由。

第2回	聴解	問題3	P87-90

1ばん

解答 2

日文解題 病気や怪我をした人に言うことばは「お大事になさってください」。これは「大事にしてください」の謙譲表現。
1「お見舞い」は病気や怪我の人に会いに行ったり、贈り物をしたりすること。
例・入院している叔父のお見舞いに行く。
例・お見舞いに果物を買って行こう。
3「元気を持つ」という言い方はない。
病気の人に対しては「早く元気になってください」など。

中文解說 對生病或受傷的人說的話是「お大事になさってください/請您多多保重」。這是「大事にしてください/請多保重」的謙譲說法。
選項1「お見舞い/探病」是指去探望、送禮給生病或受傷的人。

例句：入院している叔父のお見舞いに行く。（去探望住院的叔叔。）
例句：お見舞いに果物を買って行こう。（買水果去探望病人吧！）
選項3沒有「元気を持つ」這種說法。
可以對病人說「早く元気になってください／祝您早日康復」等等。

▌ 2ばん

解答	1

日文解題　しばらく会わなかった人に言うことばは「お久しぶりです」。「久しぶり」は、前回から長い時間が経っている様子をいう。
例・こんなにいい天気は久しぶりだ。
例・彼の笑顔を久しぶりに見た。
※選択肢3の「目にする」は「見る」と同じ意味。「お目にかかる」は「会う」の謙譲語。

中文解說　對一陣子沒有見面的人可以說「お久しぶりです／好久不見」。「久しぶり／好久不見」是指從上次見面到現在已經過了很久。
例句：こんなにいい天気は久しぶりだ。（好久沒有這麼好的天氣了。）
例句：彼の笑顔を久しぶりに見た。（看見他久違的笑容。）
選項3的「目にする／過目」和「見る／看」是相同意思。「お目にかかる／見面」是「会う／見面」的謙讓語。

▌ 3ばん

解答	3

日文解題　「知っています」の謙譲語「存じております」に、相手が上であるという意味の「上げる」をつけて、「存じ上げております」が正解。
1「聞き上げる」という言い方はない。
2「知っている」の謙譲表現は「存じている」。

中文解說　在「知っています／知道」的謙讓語「存じております／知道」中加上抬高對方地位的「上げる」，變成「存じ上げております／我知道」，這是正確答案。
選項1沒有「聞き上げる」這種說法。
選項2「知っている／知道」的謙讓說法是「存じている／知道」。

▌ 4ばん

解答	3

日文解題　「おいで」は「来て」や「行って」の丁寧な言い方。
例・みんな待ってるから、早くおいで。
例・先生がおいでになった。
（「先生がいらっしゃった」と同じ）
「ぜひ」は人を強く誘うときのことば。
1「いらっしゃりください」が間違い。「来て」の尊敬語は「いらっしゃって」。
2「来なさい」は命令形で、失礼な言い方。

中文解說　「おいで」是「来て／來」和「行って／去」的鄭重說法。
例句：みんな待ってるから、早くおいで。（大家都在等你，快點過來。）
例句：先生がおいでになった。（老師已經到了。）〈和「先生がいらっしゃっ

た／老師已經到了」意思相同〉

「ぜひ／務必」是懇切邀請別人的說法。

選項1「いらっしゃりください」這種說法不正確。「来て／來」的尊敬語是「いらっしゃって／來」。

選項2「来なさい／過來」是命令形，這是不禮貌的用法。

5 ばん

解 答	3

日文解題　「おっしゃいます」は「いいます」の尊敬語。「お名前」の「お」は謙譲表現。

1「…かな」は親しい人や、上の人が下の人に言うときの言い方。口語表現。客に対しては失礼になる。

3「なんというのか」も普通体の言い方で、丁寧ではないので失礼。

中文解說　「おっしゃいます／說」是「いいます／說」的尊敬語。「お名前／姓名」的「お」是謙譲說法。

選項1「…かな／…吧」是對親近的人，或是上位者對下位者說話時的用法，屬於口語用法，對客人這樣說不禮貌。

選項3「なんというのか／怎麼說呢」也是普通形的說法，並不鄭重，所以不禮貌。

第2回	聴解	問題4	P91
だい かい	ちょうかい	もんだい	

1 ばん

解 答	2

日文解題　疑問文「どんな（名詞）〜か」の答えには、名詞の性格や様子を説明する文が来る。

例・A：木村さんはどんな人ですか。

B：明るくて元気な人です。

例・A：どんな映画が好きですか。

B：面白い映画が好きです。

選択肢2は、「ノートパソコンを使っています」が省略されて、「ノートパソコンです」となっている。

1今使っているパソコンのことを聞かれているのに、前のパソコンの話をしているので不適切。「新しいパソコンを使っています」なら適切。

3答え方が間違っている。「友だちに借りたパソコンを使っています」なら適切。ただし、パソコンの種類や型を聞く質問に対して、「友だちのパソコン」という答えは十分ではない。

中文解說　對於題目句的「どんな（名詞）〜か」，回答應為名詞，並且能說明性格或樣子的句子。

例句：

A：木村さんはどんな人ですか。（木村先生是什麼樣的人呢？）

B：明るくて元気な人です。（他是個開朗又有朝氣的人。）

例句：
Ａ：どんな映画が好きですか。（你喜歡什麼樣的電影？）
Ｂ：面白い映画が好きです。（我喜歡有趣的電影。）
選項2把「ノートパソコンを使っています／我使用筆記型電腦」簡化了，變成
「ノートパソコンです／是筆記型電腦」。
選項1題目問的明明是現在正在使用的電腦，但回答卻是以前的電腦，所以不正
確。如果回答「新しいパソコンを使っています／我用新的電腦」則正確。
選項3的回答方式不正確。如果回答「友だちに借りたパソコンを使っています
／我用的是向朋友借來的電腦」則正確。
但是，對於對方問電腦種類或型號的問題，「友だちのパソコン／這是朋友的電
腦」這個回答不夠完整。

2 ばん

解 答 2

日文解題　「何色の〜」と聞いているので、「赤」という色を答えている2を選ぶ。
3「絹」は糸の素材を表す。糸や布の素材は他に「綿」や「麻」など。

中文解說　因為對方問的是「何色の〜／什麼顏色的〜」，所以要選回答「赤／紅色」這個
顏色的選項2。
選項3「絹／絲綢」表示線的材質。其他線或布的材料還有「綿／棉質」或「麻
／麻料」等等。

3 ばん

解 答 1

日文解題　「先生はどんな人ですか」と聞いているので、先生の性格や様子を答えている
1が正解。
「優しそうな」は形容詞「優しい」に、様態を表す「〜そうな」がついたもの。
目で見て、そのように見えるということを表す。
例・わあ、おいしそうなケーキだね。
例・女の子は恥ずかしそうに笑った。

中文解說　因為對方問「先生はどんな人ですか／老師是什麼樣的人？」，所以回答老師的
性格和模樣的選項1是正確答案。
「優しそうな／溫柔的樣子」是在形容詞「優しい／溫柔的」後面加上表示樣態
的「〜そうな／〜的樣子」。表示看起來是這個樣子。
例句：わあ、おいしそうなケーキだね。（哇，這蛋糕看起來真好吃啊！）
例句：女の子は恥ずかしそうに笑った。（女孩害羞地笑了。）

4 ばん

解 答 3

日文解題　隣にいるのはだれですか」と聞いているので、「（隣にいるのは）〜さんです」
となる答えを選ぶ。3の「小学校からの友達」は、小学校のときに友達になっ
て、今日まで続いている友達のAさん、という意味。
1も2も「隣にいるのはだれか」という質問に答えていない。
1は「（隣にいるのは）リュウさんです。私はリュウさんと友達になりたいで
す」なら適切。

2は、「（隣にいるのは）私の兄です。兄は父にとても似ています」なら適切。
因為對方問旁邊的人是誰，所以要回答「（隣にいるのは）～さんです／（旁邊的是）～先生」的選項。選項3的「小学校からの友達／從小學到現在的朋友」的意思是從小學開始交往到現在的朋友Ａ先生。

選項1和2沒有回答到「隣にいるのはだれか／旁邊的人是誰」。

選項1若是「（隣にいるのは）リュウさんです。私はリュウさんと友達になりたいです／（旁邊的是）劉先生。我想和劉先生交朋友」則正確。

選項2若回答「（隣にいるのは）私の兄です。兄は父にとても似ています／（旁邊的是）我哥哥。我哥哥和爸爸長得很像」則正確。

5 ばん

解 答 1

日文解題 「どのくらい」と聞いているので、量や数、長さや大きさ等を答える。
例・Ａ：駅から大学までどのくらいかかりますか。
Ｂ：10分くらいかかります。
選択肢の中で、塩の量を答えているのは1。
「ほんの少し」の「ほんの」は「少し」を強調している。
3答えが「ゆっくり～」となる疑問詞は「どのように」。

中文解說 因為對方問「どのくらい／大概多少」，所以要回答份量或數量、長度或大小等的答案。
例句：
Ａ：駅から大学までどのくらいかかりますか。（從車站走到大學要花多少時間。）
Ｂ：10分くらいかかります。（大約10分鐘。）
選項中有回答到鹽分份量的是選項1。
「ほんの少し／一點點」的「ほんの／少許」用於強調「少し／一點」。
選項3，可以回答「ゆっくり～／充裕」的疑問詞是「どのように／怎麼樣」。

6 ばん

解 答 3

日文解題 「いつ」は時を聞く疑問詞。店が開く時間を聞いているので、3が正解。
1時間を聞く質問の答えになっていない。
2店が閉まる時間を答えているので不適切。
開く ⇔ 閉まる

中文解說 「いつ／何時」是詢問時間的疑問詞。因為對方問的是開店的時間，選項3是正確答案。
選項1並沒有回答到時間。
選項2回答的是關店時間，所以不正確。
開く（開門）⇔閉まる（關閉）

7ばん

解答	2

日文解題	自分のかばんが人にぶつかってしまった時は、その人に謝らなければならない。謝っているのは2。 3「お大事に」は病気や怪我をした人に言うことばだが、自分が悪いときに謝る言葉ではない。

中文解說	自己的包包撞到別人時，必須向對方道歉。道歉的是選項2。 選項3，「お大事に／請多保重」是對生病或受傷的人說的話，並不是為自己的過錯而道歉的詞語。

8ばん

解答	1

日文解題	「どの辺」はだいたいの場所を聞く言い方。 例・A：テーブルはどの辺に置きますか。 B：窓の近くに置いてください。 例・A：この辺にコンビニはありますか。 B：この道をまっすぐ行くと右側にありますよ。 場所を答えているのは1。 2は「どのくらい痛いですか」に対する答え。 3は「いつから痛いですか」に対する答え。

中文解說	「どの辺／哪邊」是詢問大概位置的說法。 例句：A：テーブルはどの辺に置きますか。（桌子要放在哪邊？） B：窓の近くに置いてください。（請放在窗邊。） 例句：この辺にコンビニはありますか。（這附近有便利商店嗎？） B：この道をまっすぐ行くと右側にありますよ。（這條路直走後右轉就是了哦。） 回答地點的是選項1。 其他選項的正確說法： 選項2是詢問「どのくらい痛いですか／有多痛呢」的回答。 選項3是詢問「いつから痛いですか／從什麼時候開始痛的呢」的回答。

MEMO

1

解　答	1

日文解題　字＝ジ／あざ
例・漢字　字を書く
2文字　3手　4顔

中文解説　字＝ジ／あざ
例如：漢字（漢字）、字を書く（寫字）
選項2文字（文字）、選項3手（手）、選項4顔（臉）

2

解　答	2

日文解題　動＝ドウ／うご‐く・うご‐かす
例・自動車　運動
例・時計が動く
例・机を動かす
物＝ブツ・モツ／もの
例・荷物
例・食べ物　買い物　建物
特別な読み方：果物
4植物

中文解説　動＝ドウ／うご‐く・うご‐かす
例如：自動車（汽車）、運動（運動）
例如：時計が動く（手錶在走）
例如：机を動かす（移動桌子）
物＝ブツ・モツ／もの
例如：荷物（行李）
例如：食べ物（食物）、買い物（購物）、建物（建築物）
特殊念法：果物（水果／くだもの）
其他選項的正確用法：
選項4植物（植物）

3

解　答	2

日文解題　場＝ジョウ／ば
例・工場　駐車場
例・売り場
所＝ショ／ところ
例・住所　事務所
例・きれいな所

※「所」も「場」も場所を表す漢字だが、読み方は「所」は「ショ」または「ジョ」（1拍）、「場」は「ジョウ」（2拍）なので、気をつけよう。

| 中文解説 | 場＝ジョウ／ば |

例如：工場（工廠）、駐車場（停車場）

例如：売り場（賣場）

所＝ショ／ところ

例如：住所（住址）、事務所（事務所）

例如：きれいな所（漂亮的地方）

※「所」和「場」都是表示地點的漢字，「所」的念法是「ショ」或「ジョ」（一拍），「場」的念法是「ジョウ」（兩拍），請特別注意。

4

| 解　答 | 3 |

| 日文解題 | 案＝アン |

内＝ナイ・ダイ／うち

例・店内は禁煙です

例・箱の内側に紙を貼る

1 紹介　2 招待

| 中文解説 | 案＝アン |

内＝ナイ・ダイ／うち

例句：店内は禁煙です。（店內禁止吸菸。）

例句：箱の内側に紙を貼る。（把紙貼在箱子裡面。）

選項1紹介（介紹）、選項2招待（招待）

5

| 解　答 | 3 |

| 日文解題 | 文＝ブン・モン／ふみ |

例・作文　長い文を読む

特別な読み方：文字

学＝ガク／まな‐ぶ

例・学校　大学　小学生

1 数学　2 文字　4 文化

| 中文解説 | 文＝ブン・モン／ふみ |

例如：作文（作文）、長い文を読む（讀長篇文章）

特殊念法：文字（文字／もじ）

学＝ガク／まな‐ぶ

例如：学校（學校）、大学（大學）、小学生（小學生）

選項1数学（數學）、選項2文字（文字）、選項4文化（文化）

6

| 解 答 | 1 |

日文解題

十＝ジッ・ジュウ／と・とお

例・十回　十本

例・十時　十人

例・十日

特別な読み方：二十歳　一月二十日

分＝ブン・フン・ブ／わ‐ける・わ‐かれる・わ‐かる

例・自分　半分

例・2時5分

例・大分よくなりました

例・ケーキを8つに分ける

例・道が二つに分かれる

例・よく分かりました

「十分」は、時刻（3時10分）や、時間の長さ（10分間）を表すとき、「じっぷん」と読む。副詞で「たくさん、不足がない」という意味を表すとき、「じゅうぶん」と読む。

問題文では、「十分」の後に「に」があることに注目する。時刻の「10分」のときは「（3時）10分まで休んで」となる。時間の長さの「10分」のときは助詞をとらず、「十分休んで」となる。問題文は副詞の「十分」だと分かる。

例・道路を渡るとき、車には十分に気をつけなさい。

例・発表の前には十分な準備が必要だ。

※「十分に」の「に」は省略されることが多い。問題文は「十分休んでから」も同じ。この場合、時間の「10分」か、副詞の「十分」かは文の意味から判断する。

3も、2と同じく時間を表す「10分」の読み。

中文解説

十＝ジッ・ジュウ／と・とお

例如：十回（十次）、十本（十支）

例如：十時（十小時）、十人（十人）

例如：十日（十日）

特殊念法：二十歳（二十歳／はたち）、一月二十日（一月二十日／いちがつはつか）

分＝ブン・フン・ブ／わ‐ける・わ‐かれる・わ‐かる

例如：自分（自己）、半分（一半）

例如：2時5分（二點零五分）

例如：大分よくなりました（我已經好得差不多了）

例如：ケーキを8つに分ける（把蛋糕切成八份）

例如：道が二つに分かれる（道路分成兩條）

例如：よく分かりました（我明白了）

「十分／十分」用在表示時刻（3時10分）或時間的長度（10分鐘的時間）時念作「じっぷん」。作為副詞，表示「たくさん、不足がない」時念作「じゅうぶん」。

請注意題目中「十分」後面的「に」。當「10分」表示時間時，會寫成「（3時）

10分まで休んで」。當「10分」表示時間的長度時，則不接助詞，寫成「十分休んで」。由此可知題目中的「10分」是副詞。

例句：道路を渡るとき、車には十分に気をつけなさい。（穿越馬路時，請小心來車。）

例句：発表の前には十分な準備が必要だ。（報告之前必須做好充分的準備。）

※「十分に」的「に」經常被省略，題目中的「十分休んでから」也省略了「に」。遇到這種情形，只能靠上下文意來判斷是時間的「10分／十分」還是副詞的「十分／充分」。

選項3和選項2的念法都是表示時間的「10分／十分」。

7

解　答	2
日文解題	泣＝キュウ／な‐く
	例・君は泣いたり笑ったり、忙しいね
	※赤ちゃんがなく→泣く
	犬、鳥、虫がなく→鳴く
中文解説	泣＝キュウ／な‐く
	例句：君は泣いたり笑ったり、忙しいね（你一下哭一下笑的，還真忙啊）
	※赤ちゃんがなく（嬰兒在哭）→泣く（哭）
	犬、鳥、虫がなく（狗、鳥、蟲在叫）→鳴く（叫）

8

解　答	1
日文解題	見＝ケン／み‐る・み‐える・み‐せる
	例・意見
	例・写真を見る
	例・窓から富士山が見える
	物＝ブツ・モツ／もの
	例・動物
	例・荷物
	例・飲み物　建物　着物
	「見物」とは、有名な場所や面白いものなどを見て楽しむこと。
	例・お祭りの踊りを見物した
	3見学
	※「見学」は見て勉強すること。
中文解説	見＝ケン／み‐る・み‐える・み‐せる
	例如：意見（意見）
	例如：写真を見る（看照片）
	例如：窓から富士山が見える（透過窗戶看見富士山）
	物＝ブツ・モツ／もの
	例如：動物（動物）
	例如：荷物（行李）
	例如：飲み物（飲料）、建物（建築物）、着物（和服）

「見物／遊覽」是指觀賞有名的景點和有趣的事物。
例句：お祭りの踊りを見物した（參觀祭典的舞蹈）
選項3見学（參觀學習）
※「見学／參觀學習」是指遊覽參觀學習。

9

| 解答 | 3 |

日文解題
利＝リ／き‐く
例・便利
用＝ヨウ／もち‐いる
例・用事　用意　用がある

中文解說
利＝リ／き‐く
例如：便利（便利）
用＝ヨウ／もち‐いる
例如：用事（事情）、用意（準備）、用がある（有事）

第3回 言語知識（文字・語彙） 問題2　　P94

10

| 解答 | 3 |

日文解題
優＝ユウ／やさ‐しい・すぐ‐れる
2愛（アイ）
※「やさしい」ということばは「簡単な」という意味の「易しい」もあるので、気をつけよう。

中文解說
優＝ユウ／やさ‐しい・すぐ‐れる
選項2愛（アイ）
※「やさしい／容易」也可以寫作「易しい」，表示有「簡単な／簡單」的意思，請特別小心。

11

| 解答 | 4 |

日文解題
荷＝カ／に
物＝ブツ・モツ／もの
2持（ジ／も‐つ）　例・かばんを持つ
3何（カ／なに、なん）

中文解說
荷＝カ／に
物＝ブツ・モツ／もの
選項2持（ジ／も‐つ）。例如：かばんを持つ（拿著皮包）
選項3何（カ／なに、なん）

12

解　答	2

日文解題	祈＝キ／いの‐る １祝（シュク／いわ‐う）例・誕生日を祝う ２折（セツ／お‐る）　例・木の枝を折る ４の字はない
中文解説	祈＝キ／いの‐る 選項１祝（シュク／いわ‐う）。例如：誕生日を祝う（慶祝生日） 選項２折（セツ／お‐る）。例如：木の枝を折る（折斷樹枝） 沒有選項４的字。

13

解　答	3

日文解題	一＝イチ・イツ／ひと・ひと‐つ 般＝ハン ２（トウ／な‐げる）　４船（セン／ふね）
中文解説	一＝イチ・イツ／ひと・ひと‐つ 般＝ハン 選項２（トウ／な‐げる） 選項４船（セン／ふね）

14

解　答	1

日文解題	働＝ドウ／はたら‐く ３動（ドウ／うご‐く） ※「働く」と「動く」は音読みがどちらも「ドウ」。 例・労働　　例・運動
中文解説	働＝ドウ／はたら‐く 選項３動（ドウ／うご‐く） ※「働く」和「動く」的讀音都是「ドウ」。 例如：労働（勞動）。例如：運動（運動）

15

解　答	2

日文解題	箱＝はこ ３節（セツ／ふし）　例・季節
中文解説	箱＝はこ 選項３節（セツ／ふし）。例如：季節（季節）

16

| 解　答 | 2 |

日文解題　「学校に」に続く動詞は「戻ります」。また、「もう一度」とあるので、文の意味からも、一度行った学校にまた行くという意味の「戻ります」が正解と分かる。
　1 雪が積もります
　3 階段を上ります　山を登ります
　4「学校の前を通ります」、「学校の中を通ります」なら適切。

中文解說　可以接在「学校に」後面的動詞是「戻ります」。另外，句子中有「もう一度」，因此從文意來看，有"再去學校一次"的意思的「戻ります／返回」是正確答案。
選項1 雪が積もります（積雪）
選項3 階段を上ります（爬樓梯）、山を登ります（登山）
選項4 若是「学校の前を通ります／經過學校前面」、「学校の中を通ります／穿過學校裡面」則正確。

17

| 解　答 | 3 |

日文解題　「来る」という動詞をとるのは3の「台風」。
　1「雨」がとる動詞は「降る」。また、「大雨」とはいうが、「大きな雨」とはいわない。
　例・午後から強い雨が降るそうです。
　2の「火事」、4の「戦争」は「天気予報」で伝えることではないことからも、間違いだと分かる。

中文解說　可以使用「来る／來」這個動詞的是選項3「台風／颱風」。
選項1 可以使用「雨」這個動詞的是「降る／降」。另外，雖然會說「大雨／大雨」，但沒有「大きな雨」這種說法。
例句：午後から強い雨が降るそうです。（據說從下午開始會下豪大雨。）
選項2 的「火事／火災」和選項4 的「戦争／戰爭」並不屬於「天気予報／天氣預報」的段落所傳遞的訊息，由此可知不正確。

18

| 解　答 | 3 |

日文解題　「何でも質問してください」と言っているので、これに合うのは「遠慮なく」。「遠慮なく」は「遠慮しないで」と同じ。
　例・遠慮しないで、食べたいだけ食べてください。
　例・足りない物があったら、用意しますから、遠慮なく言ってください。

中文解說　題目說「何でも質問してください／有任何疑問都請提出」，而可以配合這句話的是「遠慮なく／不要客氣」。

「遠慮なく／不要客氣」和「遠慮しないで／別客氣」意思相同。

例句：遠慮しないで、食べたいだけ食べてください。（別客氣，請盡量多吃點。）

例句：足りない物があったら、用意しますから、遠慮なく言ってください。（如果還有需要的東西請儘管說，我來準備。）

19

解　答　1

日文解題　「魚を（　　）いい匂い」と言っている。料理の方法は、１の「焼く」。

３魚を取る（獲る）とき、「いい匂い」はしないので不適切。

中文解說　題目提到「魚を（　　）いい匂い／（　　）魚發出很香的味道」。料理的方法是選項１「焼く／烤」。

選項３，因為捕到魚的時候不會散發出「いい匂い／很香的味道」，所以不正確。

20

解　答　4

日文解題　「３対２」は試合やゲームの点数だと考えられる。「…てしまいました」とあるので、残念な結果としての「負けて」を入れる。

例・サッカーの決勝戦は３対１でブラジルが勝った。

１線を引く　風邪を引く　ピアノを弾く

２時計を止める　車を停める

３試合に勝つ

中文解說　「３対２／三比二」是指比賽的比分。因為句尾有「…てしまいました」，所以要填表示可惜的結果「負けて／輸了」。

例句：サッカーの決勝戦は３対１でブラジルが勝った。（在足球的冠軍賽中，巴西以三比一獲得了勝利。）

選項１線を引く（畫線）、風邪を引く（感冒）、ピアノを弾く（彈琴）

選項２時計を止める（讓手錶暫停）、車を停める（停車）

選項３試合に勝つ（贏得比賽）

21

解　答　2

日文解題　「（名詞）の」に続くのは「ために」。

選択肢１、３も、２と同じ理由を表す言い方だが、名詞に続くとき、助詞「の」をとらない。

例・運動会は雨のために、中止になった。

雨なので、中止になった。

雨だから、中止になった。

選択肢４も、名詞に続くとき、「の」をとらない。

例・妹はいつもテレビばかり見ている。

中文解說　可以接在「（名詞）の／的」後面的是「ために／原因」。

選項１、３和選項２一樣都是表示理由的用法，但是接在名詞後面時，其前面不能有助詞「の」。

例句：運動会は雨のために、中止になった。（因為下雨的緣故，運動會中止了。）

→雨なので、中止になった。（因為下雨，所以中止了。）

→雨だから、中止になった。（因為下雨，所以中止了。）

選項4接名詞的時候，其前面也不能有「の」。

例句：妹はいつもテレビばかり見ている。（妹妹總是一直看電視。）

22

| 解　答 | 4 |

日文解題

「ふとん」は寝る時に敷いたり掛けたりするもの。ふとんを触ったときのいい感じを表す形容詞は「柔らかい」。

他に柔らかいものは、パン、ケーキ、セーター、ソファ、猫、赤ちゃんの髪の毛など

1このお茶は苦くてまずいね。

2リンさんは親切で優しい人です。

易しい漢字なら読めます。

3部長は遅刻を許さない厳しい人です。

中文解說

「ふとん／被褥」是睡覺時鋪在身上或蓋在身上的東西。表示觸摸被褥時的舒適感覺的形容詞是「柔らかい／柔軟」。

其他柔軟的物品有麵包、蛋糕、毛衣、沙發、貓、嬰兒的毛髮等等。

選項1このお茶は苦くてまずいね。（這茶很苦，真是難喝。）

選項2リンさんは親切で優しい人です。（林小姐真是親切又溫柔的人。）

易しい漢字なら読めます。（如果是簡單的漢字，我可以看得懂。）

選項3部長は遅刻を許さない厳しい人です。（經理不准職員遲到，是個嚴格的人。）

23

| 解　答 | 1 |

日文解題

「言ってください」とある。「言う」という動詞をとるのは1の「意見」か4の「お礼」。「自分の」に続くのは「意見」。「自分のお礼」という言い方はない。

2「適当」は、ちょうどよいこと、また、その場に合わせてうまくやること。

例・次の3つの選択肢から適当なものを選びなさい。

例・夫は「うん、うん」と適当に返事をして、私の話をちゃんと聞いてくれません。

3「会話」は「言う」ではなく「する」。

中文解說

因為句尾有「言ってください／請說」。後面可以接「言う」這個動詞的是選項1「意見／意見」或選項4「お礼／感謝」。可以接在「自分の／自己的」後面的是「意見／意見」。沒有「自分のお礼」這種說法。

選項2「適当／適合、隨意」是指剛剛好的意思，另外也指符合某個情形。

例句：次の3つの選択肢から適当なものを選びなさい。（請從以下三個選項中選擇合適的選項。）

例句：夫は「うん、うん」と適当に返事をして、私の話をちゃんと聞いてくれません。（丈夫只敷衍地回答「嗯、嗯」，並沒有認真聽我說話。）

選項3「会話／對話」用的動詞是「言う」而非「する」。

24

解　答	3

日文解題　「バーゲン」は安売りのこと。
1 私は学校の近くのアパートに住んでいます。
2 私はスカートよりズボンが好きです。
4 寒いのでストーブをつけましょう。

中文解説　「バーゲン/大特價」是指便宜賣。
選項1私は学校の近くのアパートに住んでいます。（我住在學校附近的公寓。）
選項2私はスカートよりズボンが好きです。（比起裙子，我更喜歡穿褲子。）
選項4寒いのでストーブをつけましょう。（因為很冷，我們打開暖爐吧。）

だい かい **第3回**	げんごちしき もじ ごい **言語知識（文字・語彙）**	もんだい **問題4**	P97-98

25

解　答	2

日文解題　「危険」と「危ない」は同じ。
1 面白い　3 楽しい　4 恐い、怖い

中文解説　「危険/危險」和「危ない/危險」意思相同。
選項1面白い（有趣）。選項3楽しい（快樂）。選項4恐い、怖い（害怕、恐懼）

26

解　答	4

日文解題　「写真を写す」と「写真を撮る」は同じ。
2 飾る　例・壁に絵を飾ります。
3 「写真を送ります」は、手紙やＥメールなどで送ること。

中文解説　「写真を写す/照相」和「写真を撮る/拍照」意思相同。
選項2飾る（裝飾）。例・壁に絵を飾ります。（把畫裝飾在牆壁上。）
選項3「写真を送ります」は、手紙やＥメールなどで送ること。（「寄送照片」
是指用信件或電子郵件傳送。）

27

解　答	3

日文解題　「差し上げます」は「あげます」の謙譲語。「よかったら」は「あなたがそう
したいなら」という意味。「あなたが（これを）欲しいならあげます」という
文と選択肢3の「（あなたは）これを持って帰ってもいいです」という文はだ
いたい同じ。
1 「いただく」は「もらう」の謙譲語。主語は私。問題文は「あげてもいい」
という意味なので、選択肢1の「もらってもいい」は反対。
2 「食べてみたい」とは言っていない。

「（動詞て形）てみます」は、試しにやること。

例・靴を買う前に、履いてみます。

中文解說 「差し上げます／致贈」是「あげます／給」的謙讓語。「よかったら／可以的話」是「あなたがそうしたいなら／如果你願意的話」的意思。「あなたが（これを）欲しいならあげます／如果你想要（這個）的話就送給你」這個句子和選項3「（あなたは）これを持って帰ってもいいです／（你）可以把這個帶回去」意思大致相同。

選項1「いただく／領受」是「もらう／收到」的謙讓語。主詞是我。題目的意思是「あげてもいい／可以送你」，所以選項1「もらってもいい／可以送我」的意思相反。

選項2沒有「食べてみたい」這種說法。

「（動詞て形）てみます／試試」是試試看的意思。

例句：靴を買う前に、履いてみます。（買鞋之前會先試穿。）

28

解　答　2

日文解題 副詞「それほど」は、否定文のとき、程度があまり高くない様子を表す。「それほどうまくありません」は「あまり上手ではありません」と同じ。

例・このラーメン屋は有名だが、それほどおいしくない。

例・今日は寒くなると聞いていたが、それほどでもないね。

1 問題文は「とても上手」より少し低い程度だと言っている。「とても下手」ではない。

3 「どうしても…ない」で、どんな方法を使ってもできないという様子を表す。話者の残念な、困った気持ちを伝える表現。

例・どうしても朝起きられないんです。

例・この歌手の名前がどうしても思い出せない。

4 「上手に…できます」とは言っていない。

中文解說 副詞「それほど」用在否定的時候，表示程度不太高的樣子。「それほどうまくありません／沒有那麼厲害」和「あまり上手ではありません／不太擅長」意思相同。

例句：このラーメン屋は有名だが、それほどおいしくない。（這間拉麵店雖然很有名，但不怎麼好吃。）

例句：今日は寒くなると聞いていたが、それほどでもないね。（聽說今天會變冷，不過其實沒有很冷。）

選項1題目的意思是比「とても上手／非常擅長」程度低一點。但並不是「とても下手／非常差勁」。

選項3「どうしても…ない／無論如何都無法…」表示無論用什麼方法都做不到的樣子。這是表達說話者覺得可惜、不知所措的心情的說法。

例句：どうしても朝起きられないんです。（怎麼也無法早起。）

例句：この歌手の名前がどうしても思い出せない。（我怎麼也想不起來這名歌手的名字。）

選項4沒有「上手に…できます」這種說法。

29

解　答	4

日文解題　「習慣」はいつも決まってやることを指す。

例・朝起きたらシャワーを浴びるのが習慣です。

頻度を表す副詞は、

たまに　＜　時々　＜　よく　＜　いつも

１「たまに」は頻度が少ないことを肯定的に表す。

例・母はいつも優しいが、たまに怒るととても恐い。

※頻度が少ないことを否定的に表すのは「ほとんど…ない」。

例・母はほとんど怒らない。

３問題文は「習慣」と言っているので、だいたい毎日と考える。「時々」では少ない。

中文解說　「習慣／習慣」是指總是在做的事情。

例句：朝起きたらシャワーを浴びるのが習慣です。（早上起床後沖澡是我的習慣。）

表示頻率的副詞：

たまに（偶爾）　＜　時々（有時候）　＜　よく（常常）　＜　いつも（總是）

選項１「たまに／偶爾」是以肯定句表示頻率很低。

例句：母はいつも優しいが、たまに怒るととても恐い。（媽媽平常總是很溫柔，但是偶爾生氣的時候就很可怕了。）

※以否定句表示頻率很低的說法是「ほとんど…ない／幾乎不…」。

例句：母はほとんど怒らない。（媽媽幾乎不生氣。）

選項３，因為題目提到「習慣／習慣」，所以應該要想到每天。「時々／有時候」的程度太低，所以不正確。

だい かい 第3回	げん ご ち しき　も じ　ご い 言語知識（文字・語彙）	もんだい 問題5	P99-100

30

解　答	3

日文解題　「相談」は、数人で話し合ったり、誰かに意見を聞いたりすること。「（人に／人と）相談する」「相談がある」のように使う。

１「とても」は形容詞、な形容詞について、程度が高い、強いことを表す。「相談しました」は動詞なので「とても」はつかない。

２（先生に）失礼（がないように…。）

４（自分の）意見は…。

中文解說　「相談／商量」是指複數的人進行談話，或聽取某人的意見。用法是「（人に／人と）相談する／（和他人）商量」、「相談がある／協商」

選項１「とても／非常」後面接形容詞或形容動詞，表示程度高、強。因為「相談しました／商量」是動詞，所以不會接「とても／非常」。

選項2（先生に）失礼（がないように…）／（為了不讓）（老師）覺得沒禮貌…
選項4（自分の）意見は…／（自己的）意見…

31

| 解答 | 3 |

日文解題　「丁寧」は、細かいところまで気をつけてすること、また礼儀正しくすること。
「丁寧な」という形容がつくのは、選択肢3の挨拶。
例・丁寧な字を書く。
例・お皿はもっと丁寧に洗ってください。

中文解說　「丁寧／鄭重」指就連小地方也非常仔細，也指有禮貌。
可以用「丁寧な／鄭重」這個詞來形容的是選項3「挨拶／招呼」。
例句：丁寧な字を書く。（書寫整齊的字。）
例句：お皿はもっと丁寧に洗ってください。（請更仔細地清洗盤子。）

32

| 解答 | 4 |

日文解題　「深い」は、海、プール、雪、傷などの表面から底までの長さをいう。
1遅い　2遠い　3高い

中文解說　「深い／深」用於指大海、泳池、雪、傷口等等的，從表面到底層的長度。
選項1遅い（晚）、選項2遠い（遠）、選項3高い（高）

33

| 解答 | 2 |

日文解題　「甘い」は食べ物の味を表す形容詞。甘いものは、砂糖、飴、果物、ケーキなど。
正解の2は、甘い食べ物のようないい匂い、という意味。
1危ない　3楽しい
4大変／辛い

中文解說　「甘い／甜」是形容詞，用於表示食物的味道。甜食是指砂糖、糖果、水果、蛋
糕等等。正確答案是2，意思是散發出像甜食一樣的香氣。
選項1危ない（危險）、選項3楽しい（開心）、選項4大変／辛い（相當／辛
苦［つらい］、辣［からい］）

34

| 解答 | 3 |

日文解題　「〜以上」は「〜より上」という意味。「18歳以上」というとき、18歳を入れる。
1以内　2以下　4以外

中文解說　「〜以上」是「〜より上／在〜之上」的意思。說「18歳以上／十八歳以上」時，
包含十八歳。
選項1以内（以内）、選項2以下（以下）、選項4以外（以外）

1

| 解答 | 1 |

日文解題 動詞の使役形を使う「～（さ）せてください」と言う表現は、自分の行動について相手に許可をもらう言い方。その結果の行動を「～（さ）せてもらう」という。例：

・この花の写真を撮らせてください。→私は花の写真を撮らせてもらいました。（写真を撮るのは私）

問題文は私が友達に「あなたのペットのハムスターに触らせてください」とお願いして、その結果「触らせてもらいました」と言っている。

※これは「私は友達のペットのハムスターに触りました」と同じだが、「触らせてもらいました」には、友達への感謝や、触れて嬉しいという気持ちが入っている。例：

・頭が痛かったので、仕事があったが、早く帰らせてもらった。

・大学に行かせてもらって、親には感謝している。

中文解説 動詞使役形的句型「～（さ）せてください／請讓我…」用於希望自己的行動得到對方的許可。而得到許可後的行動則用「～（さ）せてもらう／允許我…」的句型。例如：

・這朵花可以讓我拍張照嗎？→我被允許拍下這朵花的照片。（拍照片的是我）

題目是我請求朋友「あなたのペットのハムスターに触らせてください／請讓我摸你的寵物倉鼠」，其結果是「触らせてもらいました／允許我摸」。

※這和「私は友達のペットのハムスターに触りました／我摸了朋友的倉鼠」雖是一樣的結果，但是「触らせてもらいました」含有對朋友的感謝，以及對於能夠觸摸感到很開心的意思。例如：

・因為頭痛，雖然尚有工作未完成，但還是讓我提早下班了。

・感謝我的父母供我去唸大學。

2

| 解答 | 1 |

日文解題 「（動詞辞書形）＋な」は、ある動作をしないことを命令する言い方。禁止形。例：

・この部屋に入るな。

・嘘を言うな。

他の選択肢は、文の終わりにつけることができないので不適切。

中文解説 「（動詞辞書形）＋な／不准」是命令不准做某個動作的用法，屬於禁止形。例如：

・這個房間，禁止進入！

・不准撒謊。

其他選項皆不能置於句末做為結尾，故不正確。

3

解　答	2

日文解題　願望を表す「（動詞ます形）たい」に、他者の感情を表す「～がる」をつけたもの。例：

・「私」が主語→私は先生に会いたいです。

・「彼」が主語→彼は先生に会いたがっています。

問題文は「～たがる」の否定形「～たがらない」。例：

・うちの子供は薬を飲みたがらない。

・彼は誰もやりたがらない仕事を進んでやる人です。

中文解說　在表達願望的句型「（動詞ます形）たい／想」後面加上「～がる／覺得」，以表達他人的情感。例如：

・當「私／我」是主語時→我想和老師見面。

・當「彼／他」是主語時→他想和老師見面。

題目是「～たがる／想…」的否定形「～たがらない／不想…」。例如：

・我家的孩子不願意吃藥。

・他是一個能將別人不願做的事做好的人。

4

解　答	3

日文解題　「ご（する動詞の語幹）いたします」は謙譲表現。「ご（する動詞の語幹）します」より謙譲の気持ちが強い。例：

・私が館内をご案内いたます。

・資料はこちらでご用意いたします。

1「ございます」は「です」の丁寧な形。主語「私が」に対して述語「説明です」は文としておかしい。

2「なさいます」は「します」の尊敬形。「私」が主語なので、尊敬形は不適切。

4「くださいます」は「くれます」の尊敬形。

中文解說　「ご（する動詞的語幹）いたします／我為您做…」是謙遜用法，比「ご（する動詞的語幹）します／我為你做」的語氣更為謙卑。例如：

・我來帶您參觀館內。

・我來幫您準備資料。

選項1：「ございます／是」為「です／是」的丁寧語。主語是「私が／我」述語是「説明です／說明」的句子，並不適用這種變化。

選項2：「なさいます／請做」是「します／做」的尊敬形。由於主語是「私」，所以不能用尊敬形。

選項4：「くださいます／給」是「くれます／給」的尊敬形。

5

日文解題

「お（動詞ます形）します」は謙譲表現。「ご（する動詞の語幹）します」も同じ。例：

・先生、お荷物お持ちします。

・それではご紹介します。こちらが佐野先生です。

「お（動詞ます形）いたします」や「ご（する動詞の語幹）いたします」は、これより謙譲が強い。

中文解説

「お（動詞ます形）します／我為你（們）做…」是謙遜用法，「ご（する動詞の語幹）します／我為你（們）做…」也同樣是謙遜用法。例如：

・老師，讓我來幫您提行李。

・那麼請容我介紹一下，這位是佐野先生。

而「お（動詞ます形）いたします／我為您（們）做…」與「ご（する動詞の語幹）いたします／我為您（們）做…」的語氣則更為謙遜。

6

日文解題

「（動詞て形）てしまいます」には、残念だ、失敗したという意味と、完了したという意味とがある。これは完了の意味。例：

・おいしかったので、頂いたお菓子はみんな食べてしまいました。

・子供：ゲームしていい。

・母：先に宿題をやってしまいなさい。

※「〜てしまう」は口語で「〜ちゃう」と言い換えられる。例：

・おいしかったから、もらったお菓子はみんな食べちゃった。

※「一日で」の「で」は、必要な数量を表す。例：

・私はひらがなを1か月で覚えました。

・私はこのパソコンを8万円で買いました。

1「一日で読んだ」（過去形）なら適切。

2「一日中読んでいました」（過去の継続）なら適切。

3「この本は面白かったので、（あなたも）読みませんか」なら適切。

中文解説

「（動詞て形）てしまいます／完了」表示可惜、失敗了、結束了的意思。在這裡是完結的意思。例如：

・因為實在太好吃了，人家送我的零食都吃完了。

・小孩：我可以打電玩嗎？

・母親：你先做完功課再說。

※「〜てしまう／完了」在口語上可以和「〜ちゃう／完了」來替換。例如：

・因為實在太好吃了，人家送我的零食都吃完了。

※「一日で／用一天（的時間）」的「で／用」表示所需要的數量。例如：

・我花了一個月的時間學會了平假名。

・我花了八萬圓買了這台電腦。

選項1：如果是「一日で読んだ／花一天讀完」（過去式）則為正確答案。

選項2：如果是「一日中読んでいました／花一整天讀完了」（過去的持續）則為正確答案。

選項3：如果是「この本は面白かったので、（あなたも）読みませんか／這本書非常有趣，（你）要不要（也）讀一讀呢？」則為正確答案。

7

| 解答 | 3 |

日文解題　「そろそろ」は、その時間が近いということを表す。表す内容は未来のこと。例：

・そろそろお父さんが帰ってくる時間だよ。

・雨も止んだようだし、そろそろ出かけようか。

「そろそろ」はこれからすること、これから起きることに使う。1は過去形、2は現在進行形、3は否定形なので不適切。

中文解說　「そろそろ／差不多要…」表示與某個時間點很接近，而表達的內容則是未來的事。例如：

・該是爸爸快回來的時候了。

・雨好像也停了，差不多該出門了吧。

「そろそろ」用在接下來要做的事，或接下來要發生的事上。選項1是過去式，選項2是現在進行式，選項3是否定式，所以都不是正確答案。

8

| 解答 | 1 |

日文解題　「（動詞辞書形）ことができます」で、可能を表す。花子が「はい、できますよ」と答えているので、「〜できますか」と質問していることが分かる。

2、3は疑問形（質問）になっていないので不適切。

4に対する答えは「はい、好きですよ」。

中文解說　「（動詞辞書形）ことができます／能夠」表示可能性。因為花子的回答是「はい、できますよ／是的，我會哦」，由此可知提問要用「〜できますか／會…嗎」。

選項2、3：並不是疑問句型（提問），所以不是正確答案。

選項4：對應的回答應該是「はい、好きですよ／是的，我喜歡哦」。

9

| 解答 | 2 |

日文解題　「そのまま」は「変わらずに同じ状態で」と言う意味。例：

・すぐ戻るから、エアコンはそのままにしておいてください。

・店員：袋に入れますか。

・客：いいえ、そのままでいいです。

※「〜ままだ」は、同じ状態が変わらずに続くことを表す。例：

・この町は昔のままだ。（名詞＋のままだ）

・駅も古いままだ。（い形容詞い＋ままだ）

・交通も不便なままだ。（な形容詞な＋ままだ）

・駅前の店も閉まったままだ。（動詞た形＋たままだ）

中文解說　「そのまま／就這樣」的語意是「変わらずに同じ状態で／維持同樣不變的狀態」。例如：

・馬上就回來了，冷氣就這樣先開著吧。

・店員：要不要幫您裝袋？

・顧客：不必，我直接帶走就好。

※「～ままだ／一如原樣」表示持續同樣的狀態，沒有改變。例如：

・這小鎮的市景還是老樣子。（名詞＋のままだ）

・車站仍一如往昔的古樸。（い形容詞い＋ままだ）

・交通和過去一樣依然不方便。（な形容詞な＋ままだ）

・車站前的店家至今仍然大門深鎖。（動詞た形＋たままだ）

10

| 解　答 | 4 |

日文解題　「（動詞ない形）なければならない」で、義務や必要があることを表す。例：

・誰でも法律は守らなければならない。

・この本は明日までに返さなければならないんです。

「試合に勝つためには」とあるので、その後には、試合に勝つための条件、試合に勝つために必要なことが示される。

中文解說　「（動詞ない形）なければならない／必須」表示具有義務或必須做的事。例如：

・人人都應當遵守法紀。

・這本書必須在明天之前歸還。

因為前一句是「試合に勝つためには／為了贏得比賽」，所以後面應該是贏得比賽的條件，或者為了贏得比賽而必須做的事情。

11

| 解　答 | 1 |

日文解題　「部長から」とあるので、主語は「私」で、ネクタイは「部長から」「私」へ移動したと分かる。「私は部長からネクタイを」に続くのは「いただきました」。「いただきました」は「もらいました」の謙譲語。

2部長が主語のとき「部長は私にネクタイをくださいました」。

3ネクタイが「私から」「部長」へ移動するとき、「私は部長にネクタイを差し上げました」。

4「させられる」は使役受身形。例：

・私は母に庭の掃除をさせられました。

中文解說　因為前面有「部長から／從經理那裡」，而主語是「私／我」，由此可知領帶是從「部長から」往「私」的方向移動。「私は部長からネクタイを／從經理那裡…領帶」後面應該接「いただきました／收到了」。「いただきました」是「もらいました／收到了」的謙讓語。

選項2：當主語是經理時，正確的說法應該是「部長は私にネクタイをくださいました／承蒙經理給了我領帶」。

選項3：當領帶是從「私から／從我」往「部長／經理」的方向移動時，正確的說法應該是「私は部長にネクタイを差し上げました／我將領帶致贈經理了」。

選項4：「させられる／被迫做…」是使役被動的用法。例如：

・媽媽叫我打掃庭院。

12

解　答	3

日文解題

人が匂いを感じるとき「匂いがする」という。「音がする」「味がする」など、感じることを表す。例：
・コーヒーの匂いがしますね。
・このスープは懐かしい味がします。
・頭痛がするので、帰ってもいいですか。

中文解説

人聞到味道時可用「匂いがする／聞到味道」的形容方式。「音がする／聽到聲音」「味がする／嚐到味道」等等都是用來表示感受。例如：
・聞到一股咖啡香呢！
・這道湯有著令人懷念的味道。
・我頭痛，可以回去了嗎？

13

解　答	2

日文解題

「なにがあります」と「私たちは友だちです」をの二つの文をつなぐ。「なにが〜」を「どんなことが〜」「どんな問題が〜」と考えると、二つの文の関係は逆接。逆接の条件を表す「〜ても」を選ぶ。例：
・薬を飲んでも熱が下がりません。
・日本語ができなくでも大丈夫です。

中文解説

這題要考的是如何連接「なにがあります／發生什麼事」和「私たちは友だちです／我們是朋友」兩個句子。考量「なにが〜／什麼」與「どんなことが〜／什麼事」、「どんな問題が〜／什麼問題」的語意可知前後兩段文字屬於逆接關係，所以要選擇表示逆接條件的「〜ても／無論、就算」。例如：
・即使吃了藥，高燒還是無法退下來。
・就算不會日語也沒關係。

14

解　答	1

日文解題

「（動詞）ように」で目標や願いを表す。例：
・私にも分かるように、詳しく話してください。
・明日晴れますように。

中文解説

「（動詞）ように／為了」表示目標或期望。例如：
・請你說清楚一些，以便我也能夠聽懂你的意思。
・希望明天是個晴朗的好天氣。

15

解　答	4

日文解題

「お久しぶりです」は挨拶。「お元気（　）」の（　）には、見た様子を表す「そうです」が入る。例：
・彼はいつも暇そうだ。
・妹はプレゼントをもらって嬉しそうだった。

3「そうに」は「そうだ」が後に動詞をとるときの形。例:

・妹は嬉しそうに笑った。

中文解說「お久しぶりです/好久不見」是寒暄語。「お元気（　　）/有精神」的（　　）要填入表示所看見狀態的詞句「そうです/看起來」。例如:

・他看起來總是那麼地悠哉清閒。

・妹妹收到禮物後,看起來開心極了。

選項3:「そうに/看起來」是當「そうだ/看起來」後面連接動詞時的變化。例如:

・妹妹高興地笑了。

だい かい げん ご ち しき ぶんぽう もんだい
第3回　言語知識（文法）問題2　　　　P103-104

16

| 解　答 | 4 |

日文解題「（普通形）かもしれない」で可能性があるという意味を表す。主語の「台風が」を文の初めに置き、「くるかもしれない」と続け、最後に「です」をつける。「2→1→4→3」の順で問題の☆には4の「しれない」が入る。

中文解說「（普通形）かもしれない/說不定」表示有這個可能性的意思。主語的「台風が/颱風」放在句尾子的最一開始,後接「くるかもしれない/可能會來」,最後再填入「です」。正確的順序是「2→1→4→3」,而☆的部分應填入選項4「しれない」。

17

| 解　答 | 3 |

日文解題先生の答えから、質問はお米を作る場所を聞いていると分かる。文の最初に疑問詞「どこ」、これに場所を表す助詞「で」をつける。述語は受身文で「作られて」となる。「2→4→3→1」の順で問題の☆には3の「作られ」が入る。

※無生物主語の受身文の例。例:

・このビールは北海道で作られています。

・このお寺は400年前に建てられました。

中文解說從老師的回答,可知道是在詢問米的生產處。句子的開始先用疑問詞「どこ/哪裡」,接著填入表示場所的助詞「で」,而述語是被動形的「作られて/被製造」是被動形。正確的順序是「2→4→3→1」,而☆的部分應填入選項3「作られ」。

※主語是非生物時的被動句。例:

・這是北海道所釀製的啤酒。

・這座寺院是距今400年前建造而成的。

18

| 解 答 | 4 |

日文解題　「しにくい」は「する」のます形に「〜にくい」がついた形で、することが難しいという意味を表す。「する」という動詞をとるのは「発音」なので（「言葉がする」とは言わない）「発音」に「しにくい」がつくと分る。「発音がしにくい」としたくなる、「あるので」の前に「が」が必要なので、「発音する」というする動詞と考え、「発音しにくい」とする。「2→4→1→3」の順で問題の☆には1の「言葉」が入る。
※「（動詞ます形）にくい」の例。例：
・例・新聞の字は小さくて読みにくいです。
・あなたのことはちょっと親に紹介しにくいな。

中文解説　「しにくい／不容易」是「する」的ます形連接「〜にくい」的用法，表示難以做到的事。可以接「する」的詞是「発音／發音」（沒有「言葉がする」的用法），可知「発音」後應填入「しにくい」。這裡也可以說雖然也可能是「発音がしにくい／不容易發音」，但是在「あるので」前需要「が」，因此考慮使用動詞形式「発音する」這樣的動詞形式，因此得出再變化成「発音しにくい」的用法。正確的順序是「2→4→1→3」，而☆的部分應填入選項1「言葉」。
※「（動詞ます形）にくい」的例。例：
・報紙的字太小難以閱讀。
・把你介紹給家人對我而言有些為難。

19

| 解 答 | 2 |

日文解題　名詞の「雨」に助詞「が」をつける。これに条件を表す「ふったら」を続ける。「ふったら」は「降ります」のた形に条件の「〜たら」がついたもの。「4→2→1→3」の順で問題の☆には1の「ふっ」が入る。
※条件の文の例。例：
・安かったら買います。

中文解説　名詞「雨／雨」要連接助詞「が」。表示條件的後方連接「ふったら／下」提示條件則接在後面。「ふったら」是「降ります」的た形，連接起來變化為成表示條件的「〜たら」。正確的順序是「4→2→1→3」，而☆的部分應填入選項1「ふっ」。
※表示條件的例句。例：
・要是便宜的話我就買。

20

| 解 答 | 2 |

日文解題　Aの言葉から、2「さき」は「咲く」のます形「咲き」と考える。「でしょう」の前は普通形（咲く・咲かない・咲いた・咲かなかった）が入るので、「咲きでしょう」とは言わない。「咲き」の後に「〜始める」という意味の「出す」をつける。例：
・親に叱られて、子供は大声で泣き出した。
その時間が近いということを表す「もう」「すぐ」を前に置く。

「1→3→2→4」の順で問題の☆には2の「さき」が入る。

中文解說 從A所說的話來看，可推知選項2的「さき／開花」是「咲く」的ます形「咲き」。「でしょう／吧」之前應填入普通形的（咲く・咲かない・咲いた・咲かなかった／開・不開・開了・沒開），「咲きでしょう」是不正確的說法。在「咲き」之後填入有「～始める／開始」意思的「出す／開始」，等同「～始める／開始」的意思。例：

・小孩被父母責罵，嚎啕大哭了起來。 要表示快要接近某個時間內時，在前面填入「もう」「すぐ」，表示接近某個時間點。

正確的順序是「1→3→2→4」，而☆的部分應填入選項2「さき」

第3回 だい かい	言語知識（文法） げん ご ち しき ぶんぽう	問題3 もんだい	P105-106

文章翻譯 以下文章是介紹朋友的作文。

　　吉田同學是我的朋友。吉田同學從高中開始就最喜歡跑步。下課後，他總是一個人在學校附近跑步好幾圈。這樣的吉田同學現在已經成為大學生了。聽說他現在也每天都會在住家附近跑步。

　　要去稍微遠一點的超市時，吉田同學也不會搭公車，而是用跑的過去。因此我試著問他「吉田同學為什麼不搭公車？」於是他回答「我可以比公車更快到達超市。因為公車會在公車站停好幾次，但我中途不會停下。」

＊公車站：為了能讓乘客上下車，公車停靠的地方。

21

解　答 3

日文解題 「（名詞一）という（名詞二）」はよく知らない人や物、場所の名を言うときの言い方。話す人が知らない時も相手が知らない時も使う。例：
・「となりのトトロ」というアニメをしっていますか。
・「すみません。SK ビルという建物はどこにありますか」

中文解說 「（名詞一）という（名詞二）／叫作（名詞一）的（名詞二）…」用於說明知名度不高的人、物或地點。也可以用在當說話者或對方不熟悉談論對象時。例如：
・「你知道「龍貓」這部卡通嗎？
・「不好意思，請問有一棟叫作 SK 大廈的建築物在哪裡呢？」

22

解 答 3

日文解題 前に説明したことを受けて、次に繋げる時の言い方。「そんな」が指すのは、直前の２つの文で紹介した吉田くんのこと。例:
・A:あなたなんて嫌い。
・B:そんなこと言わないで。
・私は毎日泣いていました。彼に出会ったのはそんなときでした。
1「どんな（名詞）も」は、その（名詞）全部という意味になり、おかしい。例:
・私はどんな仕事もきちんとやります。
2「あんな」は「そんな」に比べて遠いことを指す言い方。例:
・昨日友達とけんかして、嫌いと言ってしまった。あんなこと、言わなければよかった。

中文解說 承接前面的說明，連接下一個話題時的說法。「そんな/那樣的」指的是前面介紹到的吉田同學的兩句話。例如:
・A:我討厭你！
・B:求你別說那種話！
・當時我天天以淚洗面。就在那個時候，我遇到他了。
選項１:「どんな（名詞）も/無論（名詞）都」表示（該名詞）全部的意思，不適合用於本題。例如:
・無論什麼工作我都會競競業業地完成。
選項２:「あんな/那麼的」用於表達比「そんな/這樣」更遠的事。例如:
・昨天和朋友吵架，脫口說了「我討厭你」。當時如果沒說那句話就好了。

23

解 答 1

日文解題 「走って行きます」とあるので、バスには乗らないことが分かる。「乗らないで」と同じ意味の「乗らずに」を選ぶ。例:
・昨夜は寝ずに勉強した。
・大学には進学せずに、就職するつもりです。

中文解說 因為題目出現了「走って行きます/用跑的過去」的句子，由此可知並沒有搭乘巴士，所以要選擇和「乗らないで/不搭乘」意思相同的「乗らずに/不搭乘而～」。例如:
・昨晚沒睡，苦讀了一整個晚上。
・我不打算繼續念大學，想去工作。

24

解 答 4

日文解題 わたしが吉田くんに質問している。「（動詞て形）てみます」は試しにやることを表す。例:
・その子供に、名前を聞いてみたが、泣いてばかりで答えなかった。
・駅前に新しくできた店に行ってみた。
1「聞かれました」は受身形で、吉田くんがわたしに質問したという意味にな

るので不適切。

2「（動詞辞書形）つもりです」は未来の予定を表す。

3「（動詞て形）あげます」は、わたしがあなたのために、と上からいう言い方で、質問することは吉田くんのためではないので不適切。

※ 相手のためにすることでも、普通は失礼になるので使わない言い方。上下関係がある場合や親しい関係のときに使う。例：

・直してあげるから、レポートができたら持ってきなさい。

・できないなら、私がやってあげようか。

中文解説 我向吉田提出問題。「（動詞て形）てみます／試著」表示嘗試做某事。例如：

・雖然試著尋問那孩子的名字，但孩子只是一昧哭著沒有回答。

・車站前有家新開張的商店，我去看了一下。

選項1：「聞かれました／被問了」是被動形，意思是吉田同學問了我，所以不是正確答案。

選項2：「（動詞辭書形）つもりです／打算」表示未來的預定計畫。

選項3：「（動詞て形）あげます／給…」的語氣是我為你著想而做某事，是上位者對下位者的用法。由於提問人並不是為了吉田同學著想才問了這句話，所以不是正確答案。

※即使是為了對方著想，這種用法仍然失禮，一般很少使用。除非有從屬關係，或是彼此的關係很親近，才能使用。例如：

・我會幫你改報告，完成後拿過來。

・你要是做不到的話，讓我來幫你做吧。

25

解 答 2

日文解題 「バスは何回も…止まるけど、ぼくは…止まらないからね」と言っている。「〜から」は理由を表す。「ぼくは…止まらないから」が理由を説明していると考えると、これに続くのは、「バスより早くスーパーに着くことができる」。

次の1、3、4は、文の意味から、「ぼくは…止まらないから」という理由には繋がらない。

中文解説 題目提到「バスは何回も…止まるけど、ぼくは…止まらないからね／巴士得在停靠…好幾次，但我…不會停下」，而「〜から／因為」表示理由。由「ぼくは…止まらないから」這句話可知是在說明理由，所以後面應該接「バスより早くスーパーに着くことができる／可以比巴士更快到達超市」。

其他選項1、3、4從文意上考量，都無法說明「ぼくは…止まらないから」的理由。

26

| 解答 | 4 |

文章翻譯 (1)

小田先生的桌上放著這張便條。

小田先生

Ｐ工業的本田經理來電。

由於約好３點在這裡見面，他正在路上，但電車因事故停駛了，所以會晚一點到。

中山

日文解題 答えは４。「本田部長さんより電話」「着くのが少し遅れる」とある。「遅れる」は「遅く着く」と同じ。

中文解說 正確答案是４。文中寫道「本田部長さんより電話」（本田經理來電）、「着くのが少し遅れる」（會晚一點到）。「遅れる」和「遅く着く」意思相同。

27

| 解答 | 3 |

文章翻譯 (2)

超市的電扶梯前張貼以下的注意事項：

搭乘電扶梯時的注意事項：

◆ 請站在黃線裡面。

◆ 請緊握電扶梯的扶手＊。

◆ 幼童請站在正中央。

◆ 穿膠鞋者請特別小心。

◆ 將頭或手伸出電扶梯外非常危險，請千萬不要這麼做。

＊扶手：電扶梯旁可供握扶的部分。

日文解題 答えは３。注意の最後の◆に、「顔や手をエスカレーターの外に出して乗ると、たいへん危険です」とある。「危険」と選択肢３の「危ない」は同じ。

1 注意に「黄色い線の内側に立ってください」とある。

272

2 「ゴムの靴をはいている人は、…注意してください」とある。乗ってはいけないとは書いていない。
4 「真ん中に乗せてください」とある。

中文解説 正確答案是3。文中最後的◆寫道「顔や手をエスカレーターの外に出して乗ると、たいへん危険です」（將頭或手伸出電扶梯外非常危險）。選項3的「危ない」（危險的）和「危険」（危險的）意思相同。
1注意事項提到「黄色い線の内側に立ってください」（請站在黄線裡面）。
2「ゴムの靴をはいている人は…注意してください」（穿膠鞋者請特別小心），並沒有寫不能搭乘。
4文中提到「真ん中に乗せてください」（請站在正中央）。

28

解　答　3

文章翻譯　(3)

這是媽媽傳給去大學上課的文哉的簡訊：

文哉

住在千葉的叔叔給家裡打了電話。爺爺身體不舒服，緊急住院了。
叔叔現在在醫院。
他希望我們快點趕到千葉市的海岸醫院八樓。
我現在就去醫院。

媽媽

日文解題　答えは3。「千葉市の海岸病院…に、なるべく早く来てほしいということです」とある。
「病院に来てほしい」といっているので、選択肢の1は不適切。おじさんは今、病院にいるので、選択肢2の「二人で、病院に行きます」は不適切。お母さんは「わたしもこれからすぐに病院に行きます」と言っているので、4の「いっしょに…行きます」も不適切。

中文解説　正確答案是3。文中寫道「千葉市の海岸病院…に、なるべく早く来てほしいということです」（他希望我們快點趕到千葉市的海岸醫院）。
文中有「病院に来てほしい」（希望來醫院），所以選項1錯誤。叔叔現在在醫院，因此選項2「二人で、病院に行きます」（兩人一起去醫院）錯誤。又因為媽媽說「わたしもこれからすぐに病院に行きます」（我現在就去醫院），所以4「いっしょに…行きます」（一起去）也不正確。

29

解　答	1

文章翻譯

(4)

遙小姐在一家小型的便利商店打工。她在收銀台負責收錢和找錢，並將客人購買的商品裝進袋子。另外，她還要清掃店鋪，以及將商品上架。起初，她有時工作不順，例如收據輸入錯誤，或是不知道該怎麼將商品妥善裝袋，但最近已經習慣各項工作，已經可以順利完成具有難度的工作了。

日文解題

答えは１。本文に「銀行に行く」という言葉はない。
2 「お客さんが買ったものをふくろに入れたり」とある。
3 「品物を棚に並べたり」とある。
4 「お金をいただいておつりをわたしたり」とある。

中文解說

正確答案是１。文中沒有寫「銀行に行く」（去銀行）。
2 文中提到「お客さんが買ったものをふくろに入れたり」（將客人購買的商品裝袋）。
3 文中提到「品物を棚に並べたり」（將商品上架）。
4 文中提到「お金をいただいておつりをわたしたり」（收錢和找錢）。

第3回　読解　問題5　　　　P111-112

文章翻譯

　　我的興趣是①閱讀文字。早上吃完早餐之後，我會喝著紅茶看報紙，晚上也習慣在床上看書或雜誌。我尤其喜歡閱讀小說。

　　最近讀了一本②有趣的小說。內容寫的是一個在貿易公司上班的男人，從踏出家門到公司的途中發生的故事。書中的主角和我一樣是個平凡的人，卻在前往公司的路上發生了種種插曲。他被問了該怎麼去動物園於是帶路、撿到掉在路上的戒指並送去派出所、還遇到小男孩便陪他一起玩。就這樣，他忙東忙西，不知不覺已經傍晚了。那個人終究沒能抵達公司，直接回家了。

　　我心想：「③這樣的生活也很有意思呢！」並把這部小說的故事講給妻子聽。妻子聽完以後對我說：「的確有意思，但是，④小說畢竟只是小說，假如真的做了那種事，一定會被公司解僱吧。」我想，有道理，恐怕真會淪落那種下場。

30

解　答	4

日文解題

答えは４。「僕が一番好きなのは小説を読むことです」とある。「中でも」は、いくつか例をあげた後で、「その中でも」とひとつを選ぶときの言い方。

中文解說

正確答案是４。文中寫道「僕が一番好きなのは小説を読むことです」（我尤其喜歡閱讀小說）。「中でも」（其中特別是…）是舉了幾個例子之後，「その中でも」（其中特別是…）從中擇一的說法。

31

解 答 1

日文解題 答えは1。「貿易会社に勤めている男の人が…会社に向かうときのことを書いた話です」とある。この文の主語は「そのおもしろい小説は」。

2と3は、男の人が会社に向かうまでの間に起こったこと。

4 男の人は会社に行かなかったので不適切。

中文解說 正確答案是1。「貿易会社に勤めている男の人が…会社に向かうときのことを書いた話です」（內容寫的是一個在貿易公司上班的男人，從踏出家門到公司的途中發生的故事），這句話的主詞是「そのおもしろい小説は」（這本有趣的小說）。

2和3是男人前往公司途中所發生的某件事。

4男人並沒有去公司，所以錯誤。

32

解 答 3

日文解題 答えは3。男の人は、いろいろなことをしているうちに夕方になってしまい、会社に行かずに家に帰ってきてしまう。会社に行く時間や、会社に行くという決まりを守っていない。

1 男の人は会社に行っていないので、「会社で」は不適切。次の2の理由から「遊んでいられる」も不適切。

2 男の人は、道を案内したり、指輪を交番に届けたりしている。「一日中遊んで」いたわけではない。

4 男の人は会社に行っていないので「会社から家に」は不適切。「夕方早く」とも書いていない。

中文解說 正確答案是3。男人忙東忙西，不知不覺已經傍晚了。他終究沒能抵達公司，直接回家了。他沒有遵守上班時間，也沒有遵守要上班的規定。

1因為男人沒有去上班，所以不是「会社で」（在公司）。後面的「遊んでいられる」（還能玩）也不正確。

2男人還做了帶路、把戒指送去派出所等事，並不是一整天都在玩。

4因為男人沒有去公司，所以「会社から家に」（從公司回家）不正確。也沒有提到「夕方早く」（傍晚早早地）。

33

解 答 2

日文解題 答えは2。続けて「ほんとうにそんなことをしたら…」とある。小説の中と本当の世界とは違うと言っている。男の人のしたことは、小説の中だけのこと、本当の世界ではできないこと、という意味。

中文解說 正確答案是2。下一句話寫了「ほんとうにそんなことをしたら…」（假如真的做了那種事…）。意思是小說和現實世界不同，男人做的事只可能在小說中出現，在現實世界是行不通的。

蜜瓜卡的購買方法

1.「蜜瓜卡」是一張很便利的票卡，只要預先付款（儲值），搭乘電車時就不必每次購票。

2. 進出驗票閘門時，只需讓驗票機感應（觸碰）票卡即可，無須另購車票即可搭乘電車。

3.「蜜瓜卡」可在站內的售票機或詢問處購買。

4. 第一次使用售票機購買「蜜瓜卡」時，請按照以下步驟操作：

① 選擇「購買蜜瓜卡」。　　⇒　② 選擇「購買新的『蜜瓜卡』」

購買蜜瓜卡	儲值
儲值	購買定期車票

購買「我的蜜瓜卡」
儲值
購買新的「蜜瓜卡」

③ 選擇購買多少圓的票卡　　⇒　④ 投入金錢。

1000 圓	2000 圓
3000 圓	5000 圓

⑤ 售票機吐出「蜜瓜卡」。

34

解答 4

日文解題 答えは4。「Melonカードの買い方」の1に、「毎回、電車のきっぷを買う必要がない、便利なカードです」とある。

中文解說 正確答案是4。在「蜜瓜卡的購買方法」表中的1說明，「毎回、電車のきっぷを買う必要がない、便利なカードです」（是一張很便利的票卡，搭乘電車時不必每次購票）。

35

解答 3

日文解題 答えは3。「Melonカードの買い方」の4の①～⑤に、はじめて機械でカードを買う方法が説明されている。最初にするのは、①の「『Melonを買う』を選ぶ」こと。

中文解說 正確答案是3。在「Melonカードの買い方」表中4的①～⑤說明了用機器買卡片的方法。最初要做的是①「『Melonを買う』を選ぶ」（選擇「購買蜜瓜卡」）。

1 ばん

解　答　1

日文解題
「英語」は「もう大丈夫」、「地理」も1週間前にやってしまった」と言っている。明日は「英語」だけでなく、「国語」もある。「漢字、全然覚えてないんだよね」と言っている。「漢字」は「国語」の中で勉強するもの。
「数学」の話はしていない。

中文解説
對話中說到「英語／英語」「もう大丈夫／已經沒問題了」，「地理／地理」也在一週前讀完了。明天要考的不只有「英語／英語」，還有「国語／國語（日語）」。兒子提到「漢字、全然覚えてないんだよね／漢字完全記不起來」。而「漢字／漢字」是「国語／國語」中的學習項目。
對話中沒有提到「数学／數學」。

2 ばん

解　答　3

日文解題
医者は「薬とは関係なく、3日後に来てください」と言っている。

中文解説
醫生提到「薬とは関係なく、3日後に来てください／不管還剩多少藥，請在三天之後回診」。

3 ばん

解　答　4

日文解題
「20部コピーして、5部だけ送ってください」と言っている。「会議室の準備」については「午前中に準備してくれればいいです」と言っている。

中文解説
對話中提到「20部コピーして、5部だけ送ってください／影印二十份，然後請寄送五份就好」。關於「会議室の準備／會議室的準備」，女士回答「午前中に準備してくれればいいです／只要在中午前準備就緒即可」。

4 ばん

解　答　3

日文解題
「パンがいいけど、サンドイッチありますか」と言っている。サンドイッチは、薄く切ったパンにハムや卵を挟んだもの。サンドイッチとスープの絵は3。

中文解説
對話中提到「パンがいいけど、サンドイッチありますか／麵包也可以啦，不過有三明治嗎？」。三明治是在薄切吐司中夾火腿或蛋的食物。三明治和湯的圖片是選項3。

5 ばん

解答	2

日文解題　「次の電車」の「指定席」はもうない。「次の次の電車」なら、指定席を取ることができるが、女の人は、次の次の電車では間に合わないから、次の電車に乗りますと言っている。次の電車は「指定席」がもうないので、「自由席」に乗ることが分かる。

中文解說　「次の電車／下一班列車」的「指定席／對號座」已經賣完了。如果是「次の次の電車／下下班列車」的話還有對號座，但女士說若搭乘下下班列車會來不及，所以決定搭乘下一班列車。因為下一班列車已經沒有「指定席／對號座」了，所以可知女士搭乘的是「自由席／自由座」。

6 ばん

解答	3

日文解題　店員は「来月の 10 日には、この店に入ってきます」「予約しておくと買えますよ」と言っている。「今日は…9 月の 20 日」なので、来月は 10 月。

中文解說　店員說「来月の 10 日には、この店に入ってきます／下個月的 10 號本店才會進貨」、「予約しておくと買えますよ／可以先預約購買哦」。因為「今日は…9 月の 20 日／今天是…9 月 20 號」，所以可知下個月是 10 月。

7 ばん

解答	1

日文解題　スプーンを使って、みそを量る。「大きい方で 2 杯のみそを入れてください」「じゃあ、小さい方で 1 杯のみそを足してください」と言っている。

中文解說　用湯匙測量味噌。女士說「大きい方で 2 杯のみそを入れてください／請用大湯匙盛兩匙味噌」。女士後來又說「じゃあ、小さい方で 1 杯のみそを足してください／那麼，請再加入一小匙分量的味噌」。

8 ばん

解答	1

日文解題　女の人は「帰りにホテルの前を通りますので、係の人に伝えておきます」と言っている。
2 男の人に「ホテルに電話をしてください」と言われるが、女の人は「帰りにホテルの前を通りますので、…」と言っている。
3 女の人は、木下さんに連絡したが、電話に出ないと言っている。

中文解說　女士說「帰りにホテルの前を通りますので、係の人に伝えておきます／我回去的路上會經過旅館門口，我會先告知服務人員」。
選項 2，男士說「ホテルに電話をしてください／請打電話到旅館」，不過女士回答「帰りにホテルの前を通りますので、…／我回去的路上會經過旅館門口，…」。
選項 3，女士說她已經打過電話給木下先生了，但是沒有人接聽。

1 ばん

解答 4

日文解題

「タクシーはどこへ向かっていますか」という問題。タクシーの運転手は「飛行場までまっすぐ行くことができます」と言っている。
1「駅の近くは…」、「駅の向こうは…」と言っているが、駅が目的地ではない。
2「港」という言葉は出てこない。
3客は「アメリカに行きます」と答えているが、それは飛行場でタクシーを降りた後に、行くところ。

中文解說

這題問的是「タクシーはどこへ向かっていますか／計程車要開到哪裡？」。對話中計程車司機提到「飛行場までまっすぐ行くことができます／可以直接到機場」。
選項1雖然提到「駅の近くは…／車站附近…」、「駅の向こうは…／車站對面…」，但車站並不是目的地。
選項2對話中沒有提到「港／港口」。
選項3雖然客人回答「アメリカに行きます／我要去美國」，但這是指到達機場、下計程車後要去的地方。

2 ばん

解答 2

日文解題

女の人は「父からのプレゼントなんです」と言っている。
1男の人の「彼氏からのプレゼント？」に対して、女の人は「残念でした」と答えている。
3女の人のお父さんはアクセサリーを作る仕事をしている。男の人は、「今度、僕も家内へのプレゼントに、頼もうかな」と言っている。「家内」は奥さんのこと。
4「ともだち」は話に出てこない。

中文解說

女士說「父からのプレゼントなんです／這是爸爸給我的生日禮物」。
選項1對於男士問的「彼氏からのプレゼント／是男朋友送的禮物嗎？」，女士回答：「很可惜，不是。」
選項3女士的爸爸的工作是首飾製作。男士說「今度、僕も家内へのプレゼントに、頼もうかな／下次我要送內人的禮物，就拜託你們了吧！」。「家内／內人」是指妻子。
選項4對話中沒有提到「ともだち／朋友」。

3 ばん

| 解　答 | 1 |

日文解題 問題は、男の学生がアルバイトをしたいところを聞いている。
学生は、将来の仕事に役に立つところがいいと思っている。学生は、将来新聞社に勤めたいので、正解は新聞社。
2のスーパーと3の本屋は、先生に勧められて、学生は、それでもしかたないと言っているが、学生が「したい」アルバイトではない。
4食堂という言葉は出てこない。

中文解説 題目問的是男學生想在哪裡打工。
男學生說希望打工能對將來的工作有所幫助。因為他將來想去報社工作，所以正確答案是報社。
選項2超市和選項3書店是老師推薦的，學生回答"這樣的話也沒辦法"，但這並不是學生想做的打工。
選項4，對話沒有提到餐館。

4 ばん

| 解　答 | 1 |

日文解題 女の人が「退院が決まったらしいよ」「10月20日の予定らしいよ」と言っている。
男の人が「9月2日からだから、もう1か月以上だよ」と言っている。入院したのが9月2日で、もう1か月以上入院している、ということ。

中文解説 女士說「退院が決まったらしいよ／似乎已經決定出院了哦」、「10月20日の予定らしいよ／好像是預定10月20日出院哦」。
男士說「9月2日からだから、もう1か月以上だよ／9月2日開始住院，已經住院超過一個月了啊」。可知住院日是9月2日，而他已經住院一個月以上了。

5 ばん

| 解　答 | 4 |

日文解題 男の人の「漫画を読んでいてもいいですか」に対して、受付の人は「自由にお読みください」と答えている。受付の人が「雑誌もありますよ」と言ったが、男の人は「漫画がいいです」と言っている。

中文解説 對於男士說「漫画を読んでいてもいいですか／可以看漫畫嗎？」櫃檯人員說「自由にお読みください／請自由取閱」。雖然櫃檯人員說了「雑誌もありますよ／也有雜誌哦」，但男士回答「漫画がいいです／我想看漫畫」。

6 ばん

| 解　答 | 3 |

日文解題 男の人と女の人は写真を見に行く。
写真を見て、男の人は「踊っているのは僕だ」と言っている。
1「お祭りのときの写真が神社に貼ってある」と言っている。「神社の写真」ではない。
2女の人は写真をみて「たこ焼きを食べている私の顔の方が…」と言っている。
たこ焼きは食べ物の名前。

４女の人がたこ焼きを食べている写真はあるが、「たこ焼きの写真」ではない。

中文解説 男士和女士去看照片。

看了照片，男士說「踊っているのは僕だ／在跳舞的是我」。

選項１對話中提到「お祭りのときの写真が神社に貼ってある／祭典時的照片貼在神社前」，而不是「神社の写真／神社的照片」。

選項２女士看了照片後說「たこ焼きを食べている私の顔の方が…／我吃章魚燒的表情才…」。「たこ焼き／章魚燒」是食物的名稱。

選項４雖然有女士正在吃章魚燒的照片，但那並不是「たこ焼きの写真／章魚燒的照片」。

７ばん

解　答	4

日文解題	女の人が「あさってになりましたよ」「10時からになったはずですよ」と言っている。

中文解説	女士說「あさってになりましたよ／改到後天了哦」、「10時からになったはずですよ／應該是從10點開始哦」。

第3回	聴解	問題3	P125-128

１ばん

解　答	1

日文解題	「知っていますか」の尊敬表現は「ご存じですか」。 ２と３の言い方はない。

中文解説	「知っていますか／你知道嗎？」的尊敬說法是「ご存じですか／您知道嗎？」。 沒有選項２和選項３的說法。

２ばん

解　答	1

日文解題	お祝いの言葉は「おめでとうございます」。 ２「ありがとうございます」はお礼の言葉。 お祝いの言葉を言われた人が言う。 ３「～でございます」は「～です」を丁寧に言う言い方。 例・こちらが当社の新製品でございます。

中文解説	祝賀對方時說的話是「おめでとうございます／恭喜」。 選項２「ありがとうございます／謝謝」是聽到祝賀後的致謝。這是接受祝賀的人說的話。 選項３「～でございます」是「～です」的鄭重說法。 例句：こちらが当社の新製品でございます。（這是我們公司的新產品。）

3ばん

解答 2

日文解題　「承知しました」は「分かりました」の謙譲表現。

例・部長：木村君、明日までにこの資料をまとめてくれませんか。

木村：承知しました。

1「（動詞て形）てあげる」は、わたしがあなたのために、と上からいう言い方で、目上の人に対してはとても失礼になる。

例・絵本を読んであげるから、早く布団に入りなさい。

3「すみませんでした」は謝るときの言葉。

中文解說　「承知しました／我知道了」是「分かりました／我知道了」的謙讓說法。例句：

部長：木村君、明日までにこの資料をまとめてくれませんか。（經理：木村，明天之前可以幫我整理好這些資料嗎？）

木村：承知しました。（木村：好的，我知道了。）

選項1「（動詞て形）てあげる」的意思是"我為你做某事"，是上對下的說法，對上位者這麼說非常不禮貌。

例句：絵本を読んであげるから、早く布団に入りなさい。（我來念故事書給你聽，趕快上床了）

選項3「すみませんでした／對不起」是道歉時說的話。

4ばん

解答 3

日文解題　「遠慮なく」は、物をもらったり、何かをしてもらうときに、感謝を伝える言い方。嬉しいので（ありがたいので）私は遠慮しません、という気持ち。

1「なんとか」は苦労してできる様子を表す。「お菓子を「なんとかいただく」の「いただく」を「食べる」の謙譲語と考えると、本当は食べたくないががんばってたべる、という印象になる。

例・A：宿題の作文はできたの。

B：朝までかかって、なんとか書けたよ。

2「やっと」は待っていたことが実現することを表す。

例・山道を1時間歩いて、やっとホテルに着いた。

中文解說　「遠慮なく／那就不推辭了」用在收到物品，或是別人為自己做了某事時，是表達感謝的說法。傳達"我很高興（我很感激），那我就不客氣了。"的心情。

選項1「なんとか／想方設法」表示努力做到某事的樣子。「お菓子をなんとかいただく／努力吃完點心」的「いただく／享用」是「食べる／吃」的謙讓語，因此這句話帶有"其實不想吃，但還是勉強吃了"的語感。

例句：

A：宿題の作文はできたの（你寫作文作業了嗎？）

B：朝までかかって、なんとか書けたよ。（一直努力到早上，總算寫完了。）

選項2「やっと／終於」表示等待著的事情實現了。

例句：山道を1時間歩いて、やっとホテルに着いた。（走了一個小時的山路，終於到達飯店了。）

5 ばん

解 答	2
日文解題	「差し上げます」は「あげます」の謙譲表現。 1「お渡りします」という言い方はない。他動詞「渡します」の謙譲表現は「お渡しします」。 3「申し上げます」は「言います」の謙譲表現。
中文解説	「差し上げます／贈予」是「あげます／給」的謙讓說法。 選項1沒有「お渡りします」這種說法。他動詞「渡します／交給」的謙讓說法是「お渡しします／交付」。 選項3「申し上げます／說」是「言います／說」的謙讓說法。

<table>
<tr><td>第3回</td><td>聴解</td><td>問題4</td><td>P129</td></tr>
</table>

1 ばん

解 答	3
日文解題	二人の関係を聞いている。二人の関係を説明しているのは3。 1「あの人はどんな（どのような）人ですか」に対する答え。 2「花粉症」は病気の名前。
中文解説	題目問的是兩人的關係。說明兩人關係的是選項3。 選項1是針對「あの人はどんな（どのような）人ですか／那個人是怎樣的人？」的回答。 選項2「花粉症／花粉熱」是一種疾病的名稱。

2 ばん

解 答	2
日文解題	「～以上」は「～より多い」という意味。 例・5000円以上買うと、送料が無料になります。 1「～以外」は「～の他」という意味。 例・関係者以外は立ち入り禁止です。 3「～以内」は「～より少ない範囲」を表す。 例・1時間以内に戻ります。
中文解説	「～以上／～以上」是「～より多い／比～多」的意思。 例句：5000円以上買うと、送料が無料になります。（只要購物金額到達五千，可享有免運費服務） 選項1「～以外／～以外」是「～の他／～之外的」的意思。 例句：関係者以外は立ち入り禁止です。（除工作人員禁止進入。） 選項3「～以内／以内～」表示「～より少ない範囲／比～小的範圍」。 例句：1時間以内に戻ります。（我一小時以內就回來。）

3 ばん

| 解　答 | 3 |

日文解題　「それほど～ない」で、「あまり～ない」という意味を表す。

例・昨日は寒かったけど、今日はそれほどでもないね。

1「必ず」は強い意志や義務などを表すが、「～ない」という否定表現には使えない。

例・必ず行きます。

例・必ず来てください。

2「きっと」は推量や意志などを表す。「必ず」と同じ意味で使うが、否定表現にも使われる。

例・彼はきっと来ないと思う。

中文解說　「それほど～ない／沒有那麼～」用來表示「あまり～ない／不太～」的意思。

例句：昨日は寒かったけど、今日はそれほどでもないね。（雖然昨天很冷，但是今天不怎麼冷呢。）

選項1「必ず／必定」表示強烈的意志或義務等等。後面不會接「～ない」這種表示否定的說法。

例句：必ず行きます。（我一定去。）

例句：必ず来てください。（請務必前來。）

選項2「きっと／一定」表示推測或意志等。和「必ず／必定」意思相同，不過「きっと／一定」可以接否定。

例句：彼はきっと来ないと思う。（我覺得他一定不會來。）

4 ばん

| 解　答 | 1 |

日文解題　「そろそろ」は、その時間が近い、何かをする時間がもうすぐ、という状況を表す。

例・そろそろお父さんが帰って来る時間だ。

例・もういい歳なんだから、そろそろ将来のことを考えなさい。

2「どんどん」は勢いよく進む様子。

例・人口はどんどん増えて、1億人を超えた。

3「いろいろ」は種類が多い様子。

例・春にはいろいろな花が咲きます。

中文解說　「そろそろ／快要、差不多」表示"鄰近某個時間點、就快到了要做某事的時候"的狀況。

例句:そろそろお父さんが帰って来る時間だ。（這個時間爸爸差不多快回來了。）

例句：もういい歳なんだから、そろそろ将来のことを考えなさい。（你年紀也差不多了，是時候好好規劃未來了。）

選項2「どんどん／漸漸」指"氣勢十足地前進的狀態"。

例句：人口はどんどん増えて、1億人を超えた。（人口不斷增加，已經超過一億人了。）

選項3「いろいろ／各式各樣」指種類繁多。

例句：春にはいろいろな花が咲きます。（春天時會開各種各樣的花。）

5ばん

解 答 2

日文解題

「おりません」は「いません」の謙譲語。自分の会社の人のことを社外の人に話すときは、自分より上の人のことでも謙譲語を使う。「ただ今」は「今」の丁寧な言い方。

3「～ますか」と丁寧体で聞かれているので、「～です」「～ます」という丁寧体で返事をする。仕事での会話は普通、丁寧体でする。ただし、二人の関係によっては、3も正解（下の例）。

例・学生：先生、明日は大学にいらっしゃいますか。

先生：うん、明日も来るよ。

中文解說

「おりません／沒有」是「いません／沒有」的謙讓說法。對公司外的人提起自己公司的同事時，就算提的是上司也要用謙讓語。「ただ今／現在」是「今／現在」的鄭重說法。

選項3提問用鄭重說法的「～ますか／～嗎」，所以也應該要用鄭重的「～です」、「～ます」回答。在工作場合中的對話要用普通說法或鄭重說法。但是，依據兩人的關係，選項3也可能是正確答案。

例句：学生：先生、明日は大学にいらっしゃいますか。（學生：教授，您明天會來學校嗎？）

先生：うん、明日も来るよ。（教授：會，明天也會來哦）

6ばん

解 答 3

日文解題

人を待たせたときの挨拶は、「お待たせしました」。

例・食堂で「お待たせ致しました。焼肉定食です」

※「待たせる」は「待つ」の使役形。

例・寝坊して、友達を1時間も待たせてしまいました。

1「お待ちしました」は女の人が待っている場合の言い方だが、待っていたときは「お待ちしていました」と言う。

2「今、できました」と言っているので、「お待ちしました」と過去形にする。

中文解說

讓對方等待時說的招呼語是「お待たせしました／讓您久等了」。

例句:食堂で「お待たせ致しました。焼肉定食です」（（在餐館中）「讓您久等了，這是烤肉套餐」）

※「待たせる／讓（某人）等」是「待つ／等」的使役形。

例句：寝坊して、友達を1時間も待たせてしまいました。（我睡過頭，讓朋友足足等了一個小時。）

選項1若是女士正在等待的情況，才可以用「お待ちしました／恭候大駕，等了一段時間」的說法。如果是正在等待的情況，可以說「お待ちしていました／正在恭候大駕，正在等候」。

因為選項2提到「今、できました／現在剛做好」，所以應該要用過去式的「お待ちしました／等了一段時間」。

7 ばん

解 答	1

日文解題 質問は「彼は明日来ますか」という意味だが、「（動詞）んでしょうね」は相手に強く確認する言い方、「こそ」は「明日」を強調している。女の人が、今まで何度も約束を破った彼に対して怒っている気持ちが表れている。
「きっと」は強い推量、「はず」は理由があってそう信じているという意味。
※「～んでしょうね」の例
例・この間貸したお金、返してもらえるんでしょうね。
3「決して」は否定形について、強い決意や禁止などを表す。
例・この窓は決して開けないでください。

中文解説 題目問的是「彼は明日来ますか／他明天會來嗎」的意思，「（動詞）んでしょうね／總該（動詞）吧」是向對方確認的強硬說法，「こそ／正是」用於強調「明日／明天」。題目句是對於某人至今為止已經爽約好幾次了，女士在表達憤怒的心情。
「きっと／一定」表示強烈的推測，「はず／理應」則有"因為某種原因，所以確信某事"的意思。
※「～んでしょうね／總該～吧」的例句：この間貸したお金、返してもらえるんでしょうね。（你前一陣子借的錢，總該還我了吧？）
選項3「決して／絕對」接否定形，表示強烈的決心或禁止做某事。
例句：この窓は決して開けないでください。（請絕對不要打開這扇窗戶。）

8 ばん

解 答	2

日文解題 今していることを聞いている。「（動詞て形）ている＋ところです」で、その動作が進行中である様子を表す。
例・A：（電話で）こんにちは。今いいですか。
B：ごめんなさい、今ご飯を食べているところなので、後でかけ直します。

中文解説 題目問的是正在做什麼。用「（動詞て形）ている＋ところです／正在～」的句型來表示某個動作正在進行中的樣子。
例・A：（電話で）こんにちは。今いいですか。（〈電話中〉您好，請問現在方便接電話嗎？）
B：ごめんなさい、今ご飯を食べているところなので、後でかけ直します。（不好意思，我正在吃飯，稍後回電給您）

MEMO

【致勝虎卷 05】

新制日檢！絕對合格
N4單字、文法、閱讀、聽力
全真模考三回＋詳解　[16K+MP3]

2018年10月　初版

發行人 ●	林德勝	
作者 ●	吉松由美、田中陽子、西村惠子、山田社日檢題庫小組	
日文編輯 ●	王芊雅	
出版發行 ●	山田社文化事業有限公司	
	106台北市大安區安和路一段112巷17號7樓	
	Tel：02-2755-7622	
	Fax：02-2700-1887	
郵政劃撥 ●	19867160號　　大原文化事業有限公司	
總經銷 ●	聯合發行股份有限公司	
	新北市新店區寶橋路235巷6弄6號2樓	
	Tel：02-2917-8022	
	Fax：02-2915-6275	
印刷 ●	上鎰數位科技印刷有限公司	
法律顧問 ●	林長振法律事務所　林長振律師	
ISBN ●	978-986-246-512-7　▲	
書+MP3 ●	定價　新台幣340元	